Diogenes Taschenbuch 21050

de
te
be

Georges Simenon

Maigrets Nacht an der Kreuzung

Roman

Aus dem Französischen von Annerose Melter

Diogenes

Titel der Originalausgabe:
›La nuit du carrefour‹
Copyright © 1931 by Georges Simenon
Die deutsche Erstausgabe
erschien 1965 unter dem Titel
›Maigret und der Mann von Welt‹
Die vorliegende Übersetzung
wurde für die Neuausgabe 1999 überarbeitet
Umschlagzeichnung von
Hans Höfliger

80/99/8/4
ISBN 3 257 21050 7

Inhalt

I

Das schwarze Monokel

Als Maigret seinen Stuhl zurückschob und sich mit einem erschöpften Seufzer vom Schreibtisch erhob, waren genau siebzehn Stunden vergangen, seit das Verhör von Carl Andersen begonnen hatte.

Durch die gardinenlosen Fenster hatte man beobachten können, wie zur Mittagszeit ein Schwarm von Modistinnen und Büroangestellten die Milchbars an der Place Saint-Michel erstürmte, wie es dann ruhiger wurde in den Straßen, wie um sechs Uhr die Massen zu Metrostationen und Bahnhöfen stürzten und wie schließlich hier und da jemand zum Aperitif bummelte.

Die Seine hatte sich in Dunst gebettet. Ein letzter Schlepper mit drei Lastkähnen war mit grünem und rotem Signallicht vorübergefahren. Dann der letzte Autobus, die letzte Metro. Die Reklameschilder vor dem Kino waren hereingeholt, die Gitter heruntergelassen worden.

Der Ofen in Maigrets Büro schien lauter zu knistern als sonst. Auf dem Tisch standen leere Bierkrüge, Brotreste lagen herum.

Irgendwo mußte ein Brand ausgebrochen sein, denn man hörte Feuerwehrwagen mit lautem Sirenengeheul vorüberfahren. Auch eine Razzia fand statt. Der Gefängniswagen verließ das Polizeipräsidium gegen zwei Uhr und kam später durch den Hof des Untersuchungsgefängnisses zurück, wo er seine Beute ablud.

Das Verhör dauerte an. Im Abstand von einer oder zwei Stunden, je nach Müdigkeit, drückte Maigret auf einen Knopf. Dann erschien Inspektor Lucas, der im Büro nebenan geschlummert hatte, warf einen Blick auf die Notizen des Kommissars und setzte das Verhör fort.

Und Maigret streckte sich auf dem Feldbett aus, um dann mit frisch gesammelter Energie den Angriff zu erneuern.

Das Polizeipräsidium war fast menschenleer. Nur im Sittendezernat herrschte etwas Leben. Gegen vier Uhr morgens führte ein Inspektor einen Drogenhändler vor, der sofort vernommen wurde.

Die Seine hüllte sich in einen milchigen Nebel, der allmählich aufhellte, bis die verlassenen Quais im Tageslicht erschienen. Schritte hallten in den Fluren. Telefone klingelten. Zurufe. Türenschlagen. Mit Besen bewaffnete Putzfrauen.

Und nun legte Maigret seine Pfeife, die zu heiß geworden war, auf den Tisch, erhob sich, musterte den Verhafteten verstimmt und auch ein wenig bewundernd von Kopf bis Fuß.

Siebzehn Stunden scharfes Verhör! Vor Beginn hatte man dem Mann die Schnürsenkel, den falschen Kragen und die Krawatte abgenommen und seine Taschen geleert.

Die ersten vier Stunden mußte er in der Mitte des Büros stehen, während Fragen wie aus einem Maschinengewehr auf ihn einprasselten.

»Hast du Durst?«

Maigret war bei seinem vierten Bier, und der Verhaftete hatte ein scheues Lächeln gezeigt und begierig das Glas geleert.

»Hast du Hunger?«

Man hatte ihn aufgefordert, sich zu setzen, dann sich wieder zu erheben. Sieben Stunden lang hatte er nichts zu essen bekommen, und während er dann endlich ein Sandwich hinunterschlang, dauerten die bohrenden Fragen an.

Sie waren zu zweit und lösten sich immer wieder ab im Verhör. In den Pausen konnten sie ein wenig schlafen, sich ausstrecken, sich dem Druck dieses monotonen Verhörs entwinden.

Und sie mußten schließlich doch aufgeben! Maigret zuckte mit den Schultern, kramte in einer Schublade nach einer kalten Pfeife, wischte sich über die Stirn.

Vielleicht war es weniger der körperliche und geistige Widerstand des Mannes, der ihn so beeindruckte, als vielmehr seine verwirrende Eleganz, das distinguierte Verhalten, das er bis zum Schluß beibehielt.

Ein Mann von Welt, der eine Leibesvisitation über sich ergehen lassen muß, dem man die Krawatte abnimmt, der dann völlig nackt mit hundert anderen Missetätern eine Stunde in den Räumen des Erkennungsdienstes verbringt, der vor die Kamera und auf die Meßgeräte gezerrt und hin und her geschoben wird und dabei den oft boshaften Scherzen bestimmter Kumpane ausgesetzt ist, behält selten jene Sicherheit, die im Alltag einen Teil seiner Persönlichkeit ausmacht.

Und selbst ihn wird nach einem sich daran anschließenden, mehrstündigen Verhör kaum noch etwas vom erstbesten Landstreicher unterscheiden – alles andere wäre ein Wunder.

Carl Andersen hatte sich nicht verändert. Trotz seines zerknitterten Anzugs blieb er von einer Eleganz, wie sie den Beamten der Kriminalpolizei nur selten unter die Augen kam. Es war die Eleganz eines Aristokraten, sehr dezent und etwas steif und hochmütig, eine Art, wie man sie vor allem in diplomatischen Kreisen antrifft.

Er war größer als Maigret, breitschultrig, aber schlank und geschmeidig in den schmalen Hüften. Er hatte ein längliches farbloses Gesicht und ein wenig blasse Lippen.

Er trug ein schwarzes Monokel auf dem linken Auge.

»Nehmen Sie es ab«, hatte man ihm befohlen.

Er hatte mit einem flüchtigen Lächeln gehorcht und ein Glasauge entblößt, dessen Starre unangenehm war.

»Ein Unfall?«

»Mit dem Flugzeug, ja.«

»Sie waren also im Krieg?«

»Ich bin Däne. Ich brauchte nicht in den Krieg zu ziehen. Aber ich besaß zu Hause ein Privatflugzeug...«

Dieses künstliche Auge wirkte in dem jungen Gesicht mit den regelmäßigen Zügen so unheimlich, daß Maigret gebrummt hatte:

»Sie können Ihr Monokel wieder einsetzen.«

Andersen hatte sich nicht ein einziges Mal beschwert, ob man ihn nun stehen ließ oder vergaß, ihm zu trinken oder zu essen zu geben. Von seinem Platz aus konnte er das Treiben auf der Straße sehen, die Straßenbahnen und Autobusse, die über die Brücke fuhren, die rötlichen Strahlen der Abendsonne und jetzt das Leben eines klaren Aprilmorgens.

Er hatte immer noch eine sehr aufrechte und doch bescheidene Haltung, und das einzige Zeichen seiner Erschöpfung war der dünne dunkle Ring unter seinem rechten Auge.

»Sie bleiben bei Ihren Aussagen?«

»Ich bleibe dabei.«

»Sie sind sich der Tatsache bewußt, daß einiges sehr unwahrscheinlich klingt?«

»Ich bin mir dessen bewußt, aber ich kann nicht lügen.«

»Hoffen Sie, mangels Beweisen freigelassen zu werden?«

»Ich hoffe nichts.«

Ein ganz leichter Akzent machte sich jetzt, da er müde war, bemerkbar.

»Soll ich Ihnen das Protokoll Ihres Verhörs noch einmal vorlesen, ehe sie es unterschreiben?«

Die vage Geste eines Mannes von Welt, der eine Tasse Tee ablehnt.

»Ich fasse in großen Zügen zusammen: Sie sind vor drei Jahren in Begleitung Ihrer Schwester Else nach Frankreich gekommen. Sie haben einen Monat in Paris gewohnt. Danach haben Sie ein Landhaus an der Hauptstraße von Paris nach Etampes, drei Kilometer hinter Arpajon, an der sogenannten Kreuzung der Drei Witwen gemietet.«

Carl Andersen stimmte mit einem leichten Kopfnicken zu.

»Seit drei Jahren leben Sie dort äußerst zurückgezogen, so isoliert, daß die Leute der Gegend Ihre Schwester keine fünf Mal zu sehen bekamen. Keinerlei Kontakt mit Ihren Nachbarn. Sie haben einen 5 CV gekauft, ein altes Modell, das Sie fahren, um Ihre Besorgungen auf dem Markt von

Arpajon zu tätigen. Einmal im Monat kommen Sie mit ebendiesem Wagen nach Paris.«

»Um meine Arbeiten bei der Firma Dumas & Fils, Rue du 4-Septembre, abzuliefern, richtig.«

»Ihre Arbeiten bestehen aus Musterentwürfen für Polsterstoffe. Für jeden Entwurf bekommen Sie fünfhundert Francs. Im Monat fertigen Sie durchschnittlich vier davon an, das macht also zweitausend Francs.«

Wieder ein zustimmendes Zeichen.

»Sie haben keine Freunde. Ihre Schwester hat keine Freundinnen. Am Samstagabend sind Sie wie gewöhnlich gegen zehn Uhr schlafen gegangen, und Sie haben auch wie üblich Ihre Schwester in ihrem Zimmer eingeschlossen, welches neben dem Ihren liegt. Sie erklären dies mit der Behauptung, daß sie sehr ängstlich sei... Weiter! Um sieben Uhr früh, am Sonntag, geht Monsieur Emile Michonnet, ein Versicherungsvertreter, der in einem Haus hundert Meter von Ihnen entfernt wohnt, in seine Garage und stellt fest, daß sein Auto, ein nagelneuer Sechszylinder einer bekannten Marke, verschwunden ist und statt dessen Ihre alte Kiste dasteht.«

Andersen verzog keine Miene, griff nur mechanisch an seine leere Tasche, in der sonst wahrscheinlich seine Zigaretten steckten.

»Monsieur Michonnet, der seit wenigen Tagen in der ganzen Gegend von nichts anderem als seinem neuen Wagen sprach, glaubt an einen üblen Scherz. Er begibt sich zu Ihrem Haus, aber das Tor ist verschlossen, und er klingelt vergeblich. Eine halbe Stunde später erzählt er sein Mißgeschick auf der Gendarmerie, und man begibt sich erneut zu

Ihrem Haus – wo weder Sie noch Ihre Schwester angetroffen werden. In der Garage hingegen findet man den Wagen von Monsieur Michonnet, und auf dem Vordersitz, über das Lenkrad gebeugt, einen toten Mann, getötet durch einen Schuß in die Brust aus nächster Nähe. Seine Papiere hat man ihm nicht gestohlen. Ein Mann namens Isaac Goldberg, Diamantenhändler in Antwerpen.«

Maigret füllte den Ofen nach, während er weitersprach:

»Die Gendarmerie ist flink, wendet sich sofort an die Bahnhofsbeamten in Arpajon, die gesehen haben, wie Sie in Begleitung Ihrer Schwester den ersten Zug nach Paris genommen haben. Sie werden beide bei Ihrer Ankunft an der Gare d'Orsay in Empfang genommen. Sie leugnen alles ...«

»Ich leugne, irgend jemanden getötet zu haben.«

»Sie leugnen auch, Isaac Goldberg zu kennen.«

»Als ich ihn das erste Mal sah, war er tot, saß am Steuer eines Wagens, der mir nicht gehört, der aber in meiner Garage stand.«

»Und anstatt die Polizei zu rufen, fliehen Sie mit Ihrer Schwester.«

»Ich hatte Angst.«

»Sie haben nichts hinzuzufügen?«

»Nichts.«

»Und Sie bleiben dabei, daß Sie in der Nacht von Samstag auf Sonntag nichts gehört haben?«

»Ich habe einen sehr tiefen Schlaf.«

Zum fünfzigsten Male wiederholte er nun exakt dieselben Worte, und Maigret drückte erschöpft auf die elektrische Klingel. Inspektor Lucas kam herein.

»Ich bin gleich wieder da!«

Die Unterhaltung zwischen Maigret und Untersuchungsrichter Coméliau, dem der Fall vorgelegt worden war, dauerte etwa eine Viertelstunde.

»Sie werden sehen, das ist ein Fall, wie man ihn zum Glück nur alle zehn Jahre erlebt und der nie ganz aufgeklärt werden wird. Und ich bin dann der Sündenbock... Da paßt kein Detail zum anderen! Warum diese Vertauschung der Autos? Und warum benutzt Andersen für die Flucht nicht den Wagen, der in seiner Garage steht? Warum geht er statt dessen zu Fuß nach Arpajon, um den Zug zu nehmen? Was hatte dieser Diamantenhändler an der Kreuzung der Drei Witwen zu schaffen?... Glauben Sie mir, Maigret! Auf Sie wie auf mich wird eine ganze Reihe von Unannehmlichkeiten zukommen. Lassen Sie ihn frei, wenn Sie wollen. Vielleicht haben Sie gar nicht so unrecht, wenn Sie glauben, daß nun, nachdem er ein siebzehnstündiges Verhör durchgehalten hat, nichts mehr aus ihm herauszukriegen ist.«

Die Augen des Kommissars waren ein wenig gerötet, weil er zuwenig geschlafen hatte.

»Haben Sie die Schwester gesehen?«

»Nein. Als Andersen mir vorgeführt wurde, war das Mädchen von der Gendarmerie schon wieder nach Hause gebracht worden; man wollte sie an Ort und Stelle verhören. Sie ist dageblieben und wird überwacht.«

Sie gaben sich die Hand. Maigret ging zurück in sein Büro, wo Lucas müde den Gefangenen beobachtete, der seine Stirn an die Fensterscheibe preßte und geduldig wartete.

»Sie sind frei!« sagte er gleich an der Tür.

Andersen erschrak nicht, sondern deutete nur auf seinen nackten Kragen und auf seine offenstehenden Schuhe.

»Man wird Ihnen Ihre Sachen in der Kanzlei aushändigen. Sie müssen sich natürlich der Polizei zur Verfügung halten. Beim geringsten Fluchtversuch lasse ich Sie in Untersuchungshaft stecken!«

»Meine Schwester?«

»Sie ist bei Ihnen zu Hause.«

Der Däne schien trotz allem erleichtert zu sein, als er die Schwelle überschritt, denn er nahm sein Monokel ab und strich sich mit der Hand über das Glasauge.

»Ich danke Ihnen, Kommissar.«

»Keine Ursache.«

»Ich gebe Ihnen mein Ehrenwort, daß ich unschuldig bin.«

»Ich verlange nichts dergleichen von Ihnen.«

Andersen verneigte sich und wartete, daß Lucas ihn zur Kanzlei führen würde.

Im Vorzimmer war jemand aufgestanden, hatte diese Szene mit entrüstetem Staunen verfolgt und kam nun auf Maigret zugeeilt.

»Was? Sie lassen ihn frei? Das ist nicht möglich, Kommissar…«

Es war Monsieur Michonnet, der Versicherungsagent und Besitzer des neuen Sechszylinders. Unaufgefordert trat er in das Büro und legte seinen Hut auf einen Tisch.

»Ich komme in erster Linie wegen des Wagens.«

Ein leicht ergrauter, kleiner Mann, der unvorteilhaft gekleidet war und ständig die Spitzen seines gepflegten Schnurrbarts zwirbelte.

Beim Reden spitzte er die Lippen, und er unterstrich seine gewählten Worte mit Gesten, die energisch aussehen sollten.

Er war der Kläger! Er war derjenige, den die Justiz zu beschützen hatte! War er nicht eine Art Held?

Er ließ sich nicht einschüchtern, er nicht! Das ganze Präsidium war da, um ihn anzuhören.

»Ich habe heute nacht eine lange Unterredung mit Madame Michonnet gehabt, deren Bekanntschaft, hoffe ich, Sie bald machen werden. Sie ist ganz meiner Meinung. Bedenken Sie, daß ihr Vater Lehrer am Gymnasium in Montpellier war und daß ihre Mutter Klavierunterricht gab... Wenn ich Ihnen das sagen darf... Kurz...«

Das war sein Lieblingswort. Er sprach es in schneidendem und zugleich herablassendem Ton aus.

»Kurz, es muß so schnell wie möglich eine Entscheidung getroffen werden. Wie jedermann, auch die Reichsten, den Grafen von Avrainville inbegriffen, habe ich den neuen Wagen auf Raten gekauft. Ich habe achtzehn Wechsel unterschrieben. Ich hätte ihn auch bar zahlen können, müssen Sie wissen, aber es bringt nichts, das Kapital festzulegen. Der Graf von Avrainville, den ich eben erwähnt habe, hat es mit seinem Hispano ebenso gemacht... Kurz...«

Maigret rührte sich nicht, holte nur tief Luft.

»Der Wagen ist mir unentbehrlich, da ich ihn für die Ausübung meines Berufes unbedingt benötige. Bedenken Sie, daß sich mein Gebiet auf dreißig Kilometer rund um Arpajon erstreckt. Nun, meine Frau ist meiner Meinung: Wir wollen keinen Wagen, in dem ein Mensch umgebracht worden ist. Es ist Sache der Justiz, das Nötige zu veranlassen, daß uns ein neues Auto bereitgestellt wird, vom selben Typ wie das vorherige, mit dem kleinen Unterschied vielleicht, daß ich es diesmal in Weinrot will, was am Preis nichts ändert… Bedenken Sie, daß mein Wagen bereits eingefahren war und daß ich gezwungen sein werde…«

»Ist das alles, was Sie mir zu sagen haben?«

»Pardon!«

Noch ein Wort, das er gern benutzte.

»Pardon, Kommissar! Es versteht sich von selbst, daß ich bereit bin, Ihnen mit all meinem Wissen und meinen Kenntnissen über die Gegend zu helfen. Aber es muß dringend ein Auto…«

Maigret fuhr sich mit der Hand über die Stirn.

»Na schön, ich werde demnächst bei Ihnen vorbeischauen.«

»Bezüglich des Autos?«

»Sobald die Ermittlungen beendet sind, wird man Ihnen Ihren Wagen wieder zurückgeben.«

»Aber wenn ich Ihnen sage, daß Madame Michonnet und ich…«

»Dann empfehlen Sie mich Madame Michonnet! Guten Tag, Monsieur!«

Es ging so schnell, daß dem Versicherungsvertreter keine Zeit zum Widerspruch blieb. Man hatte ihm seinen Hut in die Hand gedrückt und ihn hinaus auf den Treppenabsatz geschoben, und der Bürojunge wies ihm den Weg.

»Hier entlang, bitte. Erste Treppe links. Die Tür gegenüber!«

Maigret drehte den Schlüssel in seiner Tür gleich zweimal herum und setzte Wasser auf dem Ofen auf, um einen starken Kaffee zu brauen.

Seine Kollegen glaubten, er arbeite. Aber eine Stunde später mußte er geweckt werden, da ein Telegramm aus Antwerpen eingegangen war, in dem es hieß:

Isaac Goldberg, fünfundvierzig Jahre, Diamantenhändler mittlerer Bedeutung. Hier recht bekannt. Gute Bankreferenzen. Sucht jede Woche per Zug oder Flugzeug die Börsen in Amsterdam, London und Paris auf. Luxusvilla in Borgerhout, Rue de Campine. Verheiratet. Vater von zwei Kindern im Alter von acht und zwölf Jahren.

Madame Goldberg ist benachrichtigt worden. Hat den Zug nach Paris genommen.

Um elf Uhr am Vormittag klingelte das Telefon. Es war Lucas.

»Hallo! Ich bin an der Kreuzung der Drei Witwen. Ich rufe aus der Autowerkstatt an, die sich zweihundert Meter vom Haus der Andersens befindet. Der Däne ist heimgekommen, das Tor ist wieder zu... Nichts Besonderes.«

»Die Schwester?«

»Muß dort sein, aber ich habe sie nicht gesehen.«

»Und Goldbergs Leichnam?«

»Ist in der Leichenhalle in Arpajon.«

Maigret ging nach Hause in seine Wohnung am Boulevard Richard-Lenoir.

»Du siehst müde aus«, sagte seine Frau nur.

»Pack mir einen Anzug und ein Paar Schuhe zum Wechseln in einen Koffer.«

»Bleibst du lange weg?«

Sie hatte ein Ragout auf dem Herd stehen. Im Schlafzimmer stand das Fenster auf, und die Bettdecken waren zum Lüften zurückgeschlagen. Madame Maigret war noch nicht dazu gekommen, ihre Lockenwickler aus dem Haar zu nehmen.

»Auf Wiedersehen!«

Er küßte sie. Als er zur Tür hinausging, stellte sie fest:

»Du hast die Tür mit der rechten Hand aufgemacht!«

Das war gegen seine Gewohnheit. Er öffnete sie sonst immer mit der linken Hand. Und Madame Maigret machte kein Geheimnis daraus, daß sie abergläubisch war.

»Worum geht es? Eine Verbrecherbande?«

»Ich weiß es nicht.«

»Fährst du weit weg?«

»Ich weiß es noch nicht.«

»Paß auf dich auf, ja?«

Aber er war schon an der Treppe und wandte sich nur kurz mit einem flüchtigen Gruß um. Unten auf dem Boulevard rief er ein Taxi.

»Zur Gare d'Orsay... Oder warten Sie... Was kostet die Fahrt nach Arpajon?... Dreihundert Francs einschließlich Rückfahrt?... Fahren wir!«

Das passierte ihm selten. Aber er war übermüdet. Nur mit Mühe konnte er den Schlaf vertreiben, der ihm unter den Lidern brannte.

Und womöglich war ihm auch etwas mulmig. Weniger wegen dieser Sache mit der Tür, die er mit der rechten

Hand geöffnet hatte. Auch nicht wegen dieser außergewöhnlichen Geschichte mit dem Wagen, der Michonnet gestohlen worden war und den man mit einem Toten hinter dem Lenkrad in Andersens Garage wiedergefunden hatte.

Es war vielmehr die Persönlichkeit dieses letzteren, die ihn auf bedrückende Weise beschäftigte.

Siebzehn Stunden hatte er am Spieß gehangen!

Ausgekochte Gangster, alte Füchse, deren Namen jeder Polizeistation Europas bekannt waren, hatten einem solchen Verhör nicht standgehalten.

Vielleicht war gerade das der Grund, weshalb Maigret Andersen freigelassen hatte!

Hinter Bourg-la-Reine schlief er dann doch auf dem Rücksitz des Taxis ein. Der Chauffeur weckte ihn in Arpajon vor der alten Markthalle mit dem Strohdach.

»In welchem Hotel steigen Sie ab?«

»Fahren Sie weiter bis zur Kreuzung der Drei Witwen.«

Über ölglänzendes Pflaster fuhren sie die Hauptstraße hinauf, die zu beiden Seiten von Reklametafeln gesäumt war, die für Vichy, Deauville, für große Hotels oder Benzinmarken warben.

Eine Kreuzung. Eine Tankstelle mit fünf rotlackierten Zapfsäulen. Zur Linken die Straße nach Avrainville, wie ein Wegweiser verriet.

Und ringsum Felder, so weit die Augen reichten.

»Wir sind da«, sagte der Chauffeur.

Es gab nur drei Häuser. Zuerst jenes des Tankstellenbesitzers, das, bei laufendem Alltagsgeschäft, aus groben Mauersteinen hastig hochgezogen worden war. Ein großer

Sportwagen mit Aluminiumkarosserie tankte gerade auf. Mechaniker reparierten in der angeschlossenen Werkstatt den Lieferwagen eines Fleischers.

Gegenüber eine Art Villa aus Mühlkalkstein, mit einem kleinen Garten, den ein zwei Meter hoher Drahtzaun umgab. Ein kupfernes Schild: *Emile Michonnet, Versicherungen.*

Das letzte Haus stand zweihundert Meter weiter. Die Mauer, die sich um den Park zog, verdeckte das Erdgeschoß, so daß man nur den ersten Stock, das Schieferdach und einige schöne Bäume sah.

Das Gebäude war mindestens hundert Jahre alt. Ein stattliches Landhaus aus alten Zeiten, mit einem Gärtnerhäuschen, einem Bedienstetengebäude, Hühnerställen, einer Pferdestallung. Fünf Steinstufen führten zu einem mit zwei Bronzeleuchtern geschmückten Eingang hinauf.

Ein kleiner zementierter Teich lag ausgetrocknet da. Aus einem Schornstein mit gemeißeltem Aufsatz stieg ein dünner Rauchfaden kerzengerade empor.

Das war alles. Jenseits der Felder ein Kirchturm, Dächer von Bauernhöfen, ein am Rande eines Ackers stehengebliebener Pflug.

Und auf der glatten Straße fuhren Autos vorüber, hupten, rasten aneinander vorbei, überholten einander.

Maigret stieg mit dem Koffer in der Hand aus, bezahlte den Chauffeur, der an der Tankstelle noch auftankte, ehe er nach Paris zurückfuhr.

2

Die sich bewegenden Gardinen

Vom Straßenrand her tauchte Lucas auf, der sich hinter den Bäumen dort versteckt hatte. Er kam auf Maigret zu, der seinen Koffer abstellte und Lucas gerade die Hand reichen wollte, als ein lauter werdendes Pfeifen ertönte und plötzlich ein Rennwagen mit Vollgas dicht an ihnen vorbeibrauste, so dicht, daß der Koffer drei Meter weit weggeschleudert wurde.

Man sah nichts mehr. Der Wagen mit dem Turbogetriebe überholte einen Heuwagen und verschwand am Horizont.

Maigret verzog das Gesicht.

»Fahren noch mehr von der Sorte vorbei?«

»Das war der erste. Sah aus, als hätte er es auf uns abgesehen gehabt, oder?«

Es war ein grauer Nachmittag. Hinter einem Fenster der Michonnet-Villa bewegte sich ein Vorhang.

»Kann man hier irgendwo übernachten?«

»In Arpajon oder Avrainville. Nach Arpajon sind es drei Kilometer. Avrainville liegt zwar näher, aber da gibt es nur einen Landgasthof.«

»Bring bitte meinen Koffer hin und reserviere die Zimmer. Gibt's was Neues?«

»Nichts. Jemand beobachtet uns von der Villa aus. Es ist Madame Michonnet. Ich habe sie vorhin verhört. Eine ziemlich füllige Dunkelhaarige von eher zweifelhaftem Charakter, wie mir scheint.«

»Weißt du, warum diese Stelle die Kreuzung der Drei Witwen heißt?«

»Ich habe mich danach erkundigt. Es bezieht sich auf das Haus der Andersens, das während der Revolution entstanden ist und über lange Zeit das einzige Haus an der Kreuzung war. Zuletzt, vor fünfzig Jahren, wurde es anscheinend von drei Witwen bewohnt, einer Mutter mit ihren zwei Töchtern. Die Mutter war neunzig Jahre alt und gelähmt. Die ältere der Töchter war siebenundsechzig, die andere gut sechzig. Drei schrullige Greisinnen, die so geizig waren, daß sie nichts in der Gegend kauften, sondern von den Erzeugnissen aus ihrem Gemüsegarten und dem Hühnerhof lebten. Die Fensterläden wurden nie aufgemacht. Manchmal sah man sie wochenlang überhaupt nicht. Die ältere Tochter hatte sich ein Bein gebrochen – was erst zutage kam, als sie tot war. Eine merkwürdige Geschichte! Man hatte lange nichts mehr aus dem Haus der Drei Witwen gehört. Die Leute tuschelten schon darüber. Da entschloß sich der Bürgermeister von Avrainville, sich einmal umzusehen. Er fand sie alle drei tot, und der Zeitpunkt des Todes lag mindestens zehn Tage zurück. Angeblich wurde damals in den Zeitungen ausführlich darüber berichtet. Ein hiesiger Lehrer, den diese rätselhafte Angelegenheit nicht mehr losließ, hat sogar eine Broschüre herausgegeben, in der er behauptet, die Tochter mit dem gebrochenen Bein habe aus Haß gegen die noch muntere Schwester diese und auch gleich die Mutter vergiftet. Sie sei dann selbst neben den beiden Leichen gestorben, verhungert, weil sie sich nicht bewegen konnte...«

Maigret starrte auf das Haus, von dem er nur den oberen Teil sah, dann musterte er den Neubau der Michonnets und die noch neuere Autowerkstatt, sah den Autos nach, die mit achtzig Stundenkilometern über die Hauptstraße fuhren.

»Geh jetzt die Zimmer reservieren und komm dann wieder her.«

»Was haben Sie vor?«

Der Kommissar zuckte mit den Schultern und begab sich zunächst zum Tor des Hauses der Drei Witwen. Es war ein weitläufiges Anwesen mit einem drei oder vier Hektar großen Park, den einige herrliche Bäume schmückten.

Um eine Rasenfläche herum verlief eine leicht ansteigende Zufahrt. Sie führte auf der einen Seite zur Eingangstreppe und endete auf der anderen am ehemaligen Pferdestall, der inzwischen zur Garage umgebaut war und in dessen Giebel noch eine rostige Eisenrolle hing.

Nichts regte sich. Ohne den rauchenden Schornstein hätte man hinter den zugezogenen Vorhängen keinerlei Leben vermutet. Es wurde allmählich Abend, und in der Ferne sah man Pferde ein Feld überqueren und ihrem Hof zustreben.

Maigret sah einen kleinen Mann, der die Straße entlangkam. Seine Hände steckten in den Taschen seiner Flanellhose, er hatte eine Pfeife im Mund und trug eine Mütze. Und wie es auf dem Lande unter Nachbarn üblich ist, trat dieser Mann ganz zwanglos zu ihm.

»Leiten Sie die Untersuchung?«

Er trug keinen Hemdkragen, und seine Füße steckten in

Pantoffeln. Aber seine Jacke war aus schönem grauem englischem Tuch, und an einem Finger prangte ein riesiger Siegelring.

»Ich bin der Besitzer der Werkstatt an dieser Kreuzung. Ich habe Sie von weitem gesehen…«

Ein ehemaliger Boxer, garantiert! Seine Nase war gebrochen gewesen. Sein Gesicht war wie gehämmert von Faustschlägen. Seine schleppende Stimme war heiser und klang vulgär, aber sehr selbstsicher.

»Was sagen Sie zu dieser Autogeschichte?«

Er lachte und entblößte dabei seine Goldzähne.

»Wenn kein Toter im Spiel wäre, würde ich es für einen lustigen Streich halten. Sie können das nicht verstehen! Sie kennen den Typ von gegenüber nicht, Mössiö Michonnet, wie wir ihn nennen. Ein Herr, der keine Vertraulichkeiten liebt, der sich sooo hohe Hemdkragen aufknüpft und Lackschuhe trägt. Und erst Madame Michonnet! Sie haben sie noch nicht gesehen? Hm! Sie gehören zu der Art von Leuten, die sich wegen nichts und wieder nichts beschweren, die gleich die Gendarmen holen, weil die Autos zuviel Lärm machen, wenn sie an meiner Tankstelle halten…«

Maigret sah sein Gegenüber weder ermutigend noch abweisend an. Er sah ihn ganz einfach an, was für einen Schwätzer verwirrend genug gewesen wäre, auf den Tankstellenbesitzer aber gar keinen Eindruck machte.

Ein Bäcker fuhr vorüber, und der Mann in Pantoffeln schrie:

»Salut, Clément! Deine Hupe ist repariert! Du kannst sie dir bei Jojo abholen!«

Er wandte sich wieder Maigret zu, bot ihm eine Zigarette an und fuhr fort:

»Monatelang hat er davon geredet, eine neue Karre zu kaufen, und sämtlichen Autohändlern ist er damit auf den Wecker gegangen, einschließlich mir. Er wollte Ermäßigungen. Er hielt uns auf Trab. Die Karosserie war zu dunkel oder zu hell. Er wollte alles in Weinrot, kein zu starkes Weinrot, aber doch weinrot... Kurz, letzten Endes kaufte er den Wagen bei einem Kollegen in Arpajon... Und es war schon zum Totlachen, das sehen Sie doch ein, als er den Wagen ein paar Tage später in der Garage der Drei Witwen wiederfand. Ich hätte viel darum gegeben, das Gesicht unseres guten Mannes zu sehen, als er morgens anstelle seines Sechszylinders die alte Kiste entdeckte! Schade, daß der Tote alles verdirbt! Denn ein Toter ist eben ein Toter, und vor solchen Dingen muß man schließlich Respekt haben!... Sagen Sie, Sie kommen doch gelegentlich auf einen Schluck zu uns herein? Es gibt noch kein Bistro an der Kreuzung, aber das wird schon kommen! Wenn ich einen anständigen Jungen finde, der es betreibt, kriegt er von mir das Nötige...«

Der Mann mußte gemerkt haben, daß seine Worte wenig Anklang fanden, denn er reichte Maigret die Hand.

»Bis später!«

Er schlenderte davon, blieb bei einem Bauern, der auf einem Karren vorbeikam, stehen und redete mit ihm. Bei den Michonnets sah man immer noch ein Gesicht hinter den Gardinen. Die ländliche Gegend zu beiden Seiten der Straße wirkte in der Dämmerung öde und monoton. Von weit her waren Geräusche zu vernehmen: ein Wiehern und das Läuten einer etwa zehn Kilometer entfernten Kirchenglocke.

Der erste Wagen mit eingeschalteten Scheinwerfern, die im Zwielicht allerdings nur schwach strahlten, fuhr vorüber.

Maigret streckte die Hand nach dem Klingelzug aus, der rechts neben dem Tor hing. Das klare und feierliche Läuten einer Bronzeklingel tönte durch den Garten. Danach blieb es lange still. Die Tür über dem Treppenaufgang öffnete sich nicht. Aber hinter dem Haus knirschte der Kies. Eine hohe Gestalt zeichnete sich in der Dämmerung ab, dann ein blasses Gesicht, ein schwarzes Monokel.

Carl Andersen kam ohne sichtbare Erregung auf das Tor zu, öffnete es und nickte mit dem Kopf.

»Ich ahnte, daß Sie kommen würden. Ich vermute, Sie möchten sich die Garage ansehen. Die Staatsanwaltschaft hat sie versiegelt, aber Sie haben gewiß die Vollmacht...«

Er trug denselben Anzug wie am Quai des Orfèvres: einen Anzug von sicherer Eleganz, dessen Stoff allerdings zu glänzen begann.

»Ist Ihre Schwester da?«

Das Licht reichte schon nicht mehr aus, um ein Zucken auf Andersens Gesicht ausmachen zu können, aber die Frage veranlaßte ihn immerhin, sein Monokel zurechtzurücken.

»Ja...«

»Ich würde sie gerne sehen.«

Ein kurzes Zögern. Ein neuerliches Nicken.

»Wenn Sie mir bitte folgen wollen.«

Sie gingen um das Gebäude herum. Auf der Rückseite

erstreckte sich ein sehr weiter Rasen, über dem die Terrasse thronte. Alle Räume des Erdgeschosses waren durch hohe Glastüren ebenerdig mit dieser Terrasse verbunden.

In keinem der Zimmer brannte Licht. Am Ende des Parks zogen Nebelschwaden zwischen den Baumstämmen dahin.

»Gestatten Sie, daß ich Ihnen den Weg zeige?«

Andersen stieß eine Glastür auf, und Maigret folgte ihm in einen großen Salon, der in gedämpftem Dämmerlicht lag. Durch die offenstehende Tür drang die kühle und zugleich schwere Abendluft und mit ihr ein Geruch nach Gras und feuchtem Laub herein. Ein einziges Holzscheit glühte im Kamin.

»Ich gehe meine Schwester holen.«

Andersen hatte kein Licht gemacht, schien gar nicht zu bemerken, daß die Nacht hereinbrach. Maigret, nun allein, schritt langsam durch den Raum, blieb vor einer Staffelei stehen, auf der eine Gouacheskizze stand. Es war der Entwurf für einen modernen Stoff in kühnen Farben und mit einem seltsamen Muster.

Weniger seltsam allerdings als diese Atmosphäre, die Maigret an die drei Witwen von einst erinnerte.

Einige der Möbelstücke mußten ihnen gehört haben. Sessel im Empirestil, an denen die Farbe abgeblättert, der Seidenbezug zerschlissen war, und schwere Vorhänge aus geripptem Gewebe, die seit fünfzig Jahren nicht mehr zugezogen worden waren.

Einen Gegensatz dazu bildete das aus rohem Holz gezimmerte Regal entlang einer Wand, in dem sich ungebundene Bücher in französischer, deutscher, englischer und gewiß auch dänischer Sprache stapelten. Ihre weißen, gelben und auch bunten Titelblätter hoben sich gegen ein veraltetes Sitzkissen, gegen gesprungene Vasen und den in seiner Mitte völlig abgetretenen Teppich scharf ab.

Die Dämmerung nahm zu. In der Ferne muhte eine Kuh. Und von Zeit zu Zeit trat ein leises Surren in die Stille, verstärkte sich, ein Auto raste am Haus vorbei, und das Motorengebrumm entfernte sich und erstarb.

Im Haus aber Totenstille! Kaum mal ein Rascheln oder Knistern, kaum einer jener undefinierbaren winzigen Laute, aus denen sich schließen läßt, daß ein Haus bewohnt ist.

Carl Andersen kam als erster herein. Seine weißen Hände verrieten eine gewisse Nervosität. Er sagte nichts, blieb einen Augenblick reglos unter der Tür stehen.

Huschende Schritte auf der Treppe.

»Meine Schwester Else...«, stellte er schließlich vor.

Sie trat ein. Während ihre Umrisse im Halbdunkel verschwammen, waren ihre Bewegungen die eines Filmstars oder besser gesagt: die der idealen Frau aus den Träumen von Halbwüchsigen.

War ihr Kleid aus schwarzem Samt? Jedenfalls war es dunkler als alles übrige und bildete einen pompösen schwarzen Fleck. Und das wenige Licht, das noch hereinfiel, fing sich in ihrem locker gekämmten blonden Haar und in ihrem mattschimmernden Gesicht.

»Wie ich höre, wünschen Sie mich zu sprechen, Kommissar. Aber nehmen Sie doch bitte erst mal Platz.«

Sie hatte einen ausgeprägteren Akzent als Carl. Sie

sprach mit einer singenden Stimme, die sich bei der letzten Silbe eines jeden Wortes senkte.

Ihr Bruder stand neben ihr wie ein Sklave neben seiner Königin, die er zu beschützen hat.

Sie trat ein paar Schritte auf Maigret zu, und erst als sie dicht vor ihm stand, wurde er gewahr, daß sie ebenso groß war wie Carl. Schmale Hüften betonten noch ihre geschmeidige Gestalt.

»Eine Zigarette!« sagte sie zu ihrem Bruder gewandt.

Schnell langte er in seine Tasche und hielt ihr verlegen und ungeschickt sein Päckchen hin. Sie nahm ein Feuerzeug von einem Möbel, ließ es aufleuchten, und einen Augenblick lang wetteiferte das Rot der Flamme mit dem dunklen Blau ihrer Augen.

Danach wirkte die Dunkelheit noch massiver, so daß der Kommissar, dem dies nicht geheuer war, nach einem Lichtschalter suchte und, als er keinen fand, murmelte:

»Darf ich Sie bitten, Licht anzumachen?«

Er mußte sich sehr zusammennehmen. Die Situation war für seinen Geschmack etwas zu theatralisch. Theatralisch? Eher zu unterschwellig, genau wie der Geruch des Parfums, der im Zimmer schwebte, seit Else da war.

Zu ungewöhnlich vor allem für ein alltägliches Leben! Vielleicht ganz einfach zu fremd?

Dieser Akzent! Carls absolute Korrektheit und sein schwarzes Monokel! Diese Mischung aus Prunk und widerlichem altem Plunder ... Bis hin zu Elses Kleid, das kein Kleid war, wie man es auf der Straße, im Theater oder auf einer Gesellschaft sieht.

Woran lag das? Zweifellos an der Art, wie sie es trug.

Denn es war einfach geschnitten. Der Stoff betonte die Formen des Körpers, umschloß sogar den Hals, ließ nur Gesicht und Hände frei.

Andersen hatte sich über den Tisch gebeugt und nahm den Glaszylinder einer Petroleumlampe ab, die noch von den drei Alten stammte, eine mit falscher Bronze verzierte Lampe mit hohem Porzellanfuß.

Ein Lichtkegel von zwei Metern Durchmesser entstand in einer Ecke des Salons. Der Lampenschirm war orangefarben.

»Entschuldigen Sie, ich habe gar nicht bemerkt, daß auf allen Stühlen etwas herumliegt.«

Und Andersen nahm einen Stapel Bücher von einem Empire-Sessel und häufte sie wahllos auf den Teppich. Else rauchte, stand kerzengerade, wie in den Samt ihres Kleides gemeißelt.

»Ihr Bruder, Mademoiselle, hat mir versichert, er habe in der Nacht von Samstag auf Sonntag nichts Ungewöhnliches gehört. Er scheint einen sehr tiefen Schlaf zu haben.«

»Sehr«, wiederholte sie und stieß dabei etwas Rauch aus.

»Haben Sie auch nichts gehört?«

»Nichts Außergewöhnliches, nein.«

Sie sprach langsam, wie eine Ausländerin, die sich ihre Worte erst in ihrer Muttersprache zurechtlegt, um sie dann zu übersetzen.

»Sie wissen, daß wir hier an einer Hauptstraße wohnen. Auch nachts läßt der Verkehr kaum nach. Jeden Abend ab acht Uhr fahren mit viel Lärm die Lastwagen vorbei, die zu den Pariser Markthallen müssen. Samstags kommen zudem noch die Touristen auf ihrem Weg an die Ufer der

Loire und der Sologne vorüber. Wenn wir schlafen, werden wir ständig von Motorengebrumm, quietschenden Bremsen, lauten Stimmen gestört. Wäre das Haus nicht so billig...«

»Sie haben noch nie etwas von Goldberg gehört?«

»Nie.«

Draußen war es noch nicht völlig dunkel. Der Rasen zeigte ein gleichmäßiges Grün, und man meinte, die Grashalme zählen zu können, so deutlich hoben sie sich ab.

Obwohl er nicht gepflegt wurde, strahlte der Park eine Harmonie aus, die an das Bühnenbild einer Opernaufführung erinnerte: Jedes Gebüsch, jeder Baum, selbst jeder Ast saß genau an seinem Platz. Zusammen mit den bis zum Horizont reichenden Feldern und dem Dach eines fernen Gehöfts war es die Vollendung einer Art Symphonie auf die Ile-de-France.

Anders dieser Salon, wo inmitten antiker Möbelstücke fremdsprachige Bücher standen mit Titeln, die Maigret nicht verstand. Und diese beiden Ausländer, Bruder und Schwester, hauptsächlich letztere, die in alles einen Mißklang setzten.

Wirkte sie zu sinnlich, zu lasziv? Dabei hatte sie nichts Provozierendes, war vielmehr schlicht in ihren Gesten wie in ihrer ganzen Haltung.

Nur daß es ganz und gar nicht die Sorte Schlichtheit war, die in dieser Umgebung angebracht gewesen wäre. Da hätten dem Kommissar die drei Alten mit ihren ungeheuerlichen Leidenschaften besser ins Bild gepaßt.

»Würden Sie mir erlauben, das Haus zu besichtigen?«

Weder bei Carl noch bei Else spürte man ein Zögern.

Und während er die Lampe aufnahm, setzte sie sich in einen Sessel.

»Wenn Sie mir folgen wollen.«

»Ich vermute, Sie halten sich hauptsächlich im Salon auf?«

»Ja. Hier arbeite ich, und auch meine Schwester verbringt hier die meiste Zeit des Tages.«

»Haben Sie kein Personal?«

»Sie wissen inzwischen, wieviel ich verdiene. Es ist zuwenig, um mir Dienstboten leisten zu können.«

»Wer bereitet die Mahlzeiten zu?«

»Ich.«

Er sagte es schlicht, ohne Verlegenheit und ohne Scham. Und als die beiden Männer in einen Flur traten, stieß Andersen eine Tür auf, leuchtete mit der Lampe hinein und sagte leise:

»Sie müssen die Unordnung entschuldigen.«

Die Küche war mehr als unordentlich. Sie war dreckig! Ein Spirituskocher, an dem übergekochte Milch, Sauce und Fett klebten, stand auf einem mit einem Stück Wachstuch abgedeckten Tisch. Brotkanten lagen herum. In einer Pfanne auf dem Tisch der Rest eines Schnitzels und im Spülstein schmutziges Geschirr.

Zurück im Flur, warf Maigret einen Blick in den Salon, wo man nur Elses Zigarette im Dunkeln glimmen sah.

»Wir benutzen weder das Eßzimmer noch den kleinen Salon, die nach vorne hinaus liegen. Wollen Sie sie sehen?«

Der Schein der Lampe fiel auf einen recht schönen Parkettboden, auf gestapelte Möbel und am Boden gelagerte Kartoffeln. Die Läden waren geschlossen.

»Unsere Schlafzimmer sind oben.«

Es war eine breite Treppe, von der eine Stufe knarrte. Der Parfumduft wurde intensiver, je höher sie stiegen.

»Dies ist mein Zimmer.«

Eine einfache Matratze auf dem Fußboden diente als Bett. Ein kümmerlicher Waschtisch. Ein hoher Garderobenständer, Stil Louis xv. Ein Aschenbecher, randvoll mit Kippen.

»Sie rauchen wohl viel?«

»Morgens, im Bett. Vielleicht dreißig Zigaretten, während ich lese.«

Vor der Tür, die der seinen gegenüberlag, sagte er hastig:

»Das Zimmer meiner Schwester.«

Aber er öffnete nicht. Und sein Gesicht verdüsterte sich, als Maigret den Knauf drehte und die Tür aufstieß.

Immer noch hielt Andersen die Lampe in der Hand, aber er vermied es, mit ihr ins Zimmer zu treten. Es roch so stark nach Parfum, daß es einem fast den Atem nahm.

Dem ganzen Haus fehlte jeder Stil, jede Ordnung, jeder Luxus. Ein vorläufiges Lager, wo man die Überbleibsel seiner Vorgänger aufbraucht.

Aber diesen im Halbdunkel liegenden Raum empfand der Kommissar als eine heiße und wohltuende Oase. Der Boden war völlig mit Tierfellen bedeckt, unter anderem mit einem prächtigen Tigerfell, das als Bettvorleger diente.

Das Bett selbst war aus Ebenholz. Auf der Überdecke aus schwarzem Samt lag zerknitterte Seidenwäsche.

Andersen hatte sich mit der Lampe fast unmerklich in den Flur zurückgezogen, und Maigret folgte ihm jetzt.

»Es gibt noch drei Zimmer, die wir aber nicht bewohnen.«

»Dann ist das Zimmer Ihrer Schwester also das einzige, welches zur Straße hin liegt?«

Statt zu antworten, deutete Carl auf eine schmale Stiege.

»Der Personalaufgang. Wir benutzen ihn nicht. Wenn Sie die Garage sehen wollen...«

Im tanzenden Schein der Petroleumlampe stiegen sie hintereinander die Treppe hinab. Immer noch war die rote Glut einer Zigarette der einzige Lichtpunkt im Salon.

Je weiter Andersen voranschritt, desto mehr erhellte sich der Raum. Man sah Else, die sich in einem Sessel halb ausgestreckt hatte und den beiden Männern gleichgültig entgegenblickte.

»Du hast dem Kommissar keinen Tee angeboten, Carl!«

»Danke. Ich trinke nie Tee.«

»Aber ich hätte gern einen! Möchten Sie einen Whisky? Oder... Carl, bitte!«

Und Carl setzte verwirrt und nervös die Lampe ab, brachte einen kleinen Kocher in Gang, auf dem eine silberne Teekanne stand.

»Was darf ich Ihnen anbieten, Kommissar?«

Maigret vermochte nicht festzustellen, woher sein Unbehagen kam. Etwas Inniges und zugleich Liederliches lag in der Luft. Auf der Staffelei waren große Blumen mit violettgefärbten Blütenblättern abgebildet.

»Kurz«, begann er, »jemand hat zuerst Monsieur Michonnets Wagen gestohlen. In diesem Wagen ist Goldberg umgebracht worden, und dann wurde das Auto in Ihre Garage gestellt, während Ihres in die Garage des Versicherungsvertreters gebracht wurde.«

»Das ist unglaublich, nicht wahr?« sagte Else mit sanfter, singender Stimme, während sie sich eine neue Zigarette ansteckte. »Mein Bruder behauptete, man würde uns beschuldigen, weil der Tote bei uns gefunden worden ist. Er wollte fliehen, ich nicht. Ich war sicher, man würde verstehen, daß wir, hätten wir tatsächlich jemanden getötet, keinerlei Interesse daran gehabt hätten, den ...«

Sie unterbrach sich, sah sich nach Carl um, der in einer Ecke herumstöberte.

»Nun, bietest du dem Kommissar nichts an?«

»Pardon ... Ich ... Ich stelle gerade fest, daß wir keinen ...«

»Es ist doch immer dasselbe mit dir! Du denkst an nichts! Bitte entschuldigen Sie, Monsieur ...?«

»Maigret.«

»... Monsieur Maigret. Wir trinken sehr selten Alkohol, und daher ...«

Man hörte Schritte im Park. Maigret erkannte undeutlich die Gestalt von Inspektor Lucas, der ihn zu suchen schien.

3

Die Nacht an der Kreuzung

»Was ist, Lucas?«

Maigret war vor die Glastür getreten. Die wirre Atmosphäre des Salons lag hinter ihm, und vor sich, in der frischen Nachtluft, sah er Lucas' Gesicht schimmern.

»Nichts, Kommissar, ich habe Sie gesucht.«

Und Lucas, der ein klein wenig verlegen war, versuchte, über die Schultern des Kommissars hinweg einen Blick in das Haus zu werfen.

»Hast du mir ein Zimmer bestellt?«

»Ja. Und es ist ein Telegramm für Sie eingetroffen. Madame Goldberg kommt noch heute abend mit dem Auto her.«

Maigret drehte sich um, sah Andersen, der mit gesenktem Kopf wartete, und Else, die rauchte und ungeduldig mit einem Fuß wippte.

»Ich werde Sie morgen sicher noch einiges fragen müssen«, teilte er ihnen mit. »Meine Verehrung, Mademoiselle.«

Sie verabschiedete ihn mit einer gnädigen Geste. Carl bestand darauf, die beiden Kriminalbeamten zum Tor zu begleiten.

»Sehen Sie sich die Garage nicht an?«

»Morgen.«

»Hören Sie, Kommissar, Mein Verhalten mag Ihnen vielleicht verdächtig erscheinen. Ich möchte Sie bitten, über mich zu verfügen, wenn ich Ihnen irgendwie dienlich sein kann. Ich weiß, ich bin Ausländer, und ich bin überdies derjenige, gegen den der schwerste Verdacht besteht. Deshalb will ich nur um so mehr mein möglichstes dazu beitragen, daß der Täter entdeckt wird. Tragen Sie mir meine Ungeschicklichkeit bitte nicht nach.«

Maigret sah ihm fest ins Gesicht. Er blickte in ein trauriges Auge, das sich langsam von ihm abwandte. Carl Andersen schloß das Tor und ging zurück ins Haus.

»Warum bist du gekommen, Lucas?«

»Ich habe mir Sorgen gemacht. Ich bin schon eine ganze Weile aus Avrainville zurück. Ich weiß nicht, warum mir diese Kreuzung plötzlich so unheimlich vorgekommen ist.«

Sie gingen beide am Straßenrand durch die Dunkelheit. Es fuhren kaum Autos.

»Ich habe versucht, im Geist das Verbrechen zu rekonstruieren«, fuhr er fort, »und je mehr man darüber nachdenkt, desto verworrener wird die ganze Geschichte.«

Sie waren auf der Höhe der Michonnet-Villa angelangt, die gleichsam die Spitze eines Dreiecks bildete, an dessen anderen Winkeln zum einen die Autowerkstatt, zum anderen das Haus der Drei Witwen lag.

Vierzig Meter lagen zwischen der Autowerkstatt und den Michonnets. Hundert Meter zwischen diesen und den Andersens.

Miteinander verbunden waren sie durch das gleichmäßige und glänzende Band der Straße, die – wie einen Wasserlauf – hohe Bäume säumten.

Drüben, bei den Drei Witwen, war kein Licht zu sehen. Beim Versicherungsagenten waren zwei Fenster erleuchtet, aber die dunklen Vorhänge gaben nur einen schmalen Lichtspalt frei, wovon sich einer ständig veränderte. Offenbar hielt jemand auf Augenhöhe die Vorhänge auseinander, um hinauszusehen.

Bei der Tankstelle sah man die schwach beleuchteten Zählscheiben an den Zapfsäulen und dahinter einen grellen rechteckigen Lichtschein, der aus der Werkstatt fiel, in der gehämmert wurde.

Die beiden Männer waren stehengeblieben, und Lucas, der einer der langjährigsten Mitarbeiter Maigrets war, erklärte:

»Goldberg muß, das steht fest, bis hierher gekommen sein. Haben Sie sich den Toten in der Leichenhalle in Etampes angesehen?... Nein?... Ein Mann von fünfundvierzig Jahren, ein ausgesprochen jüdischer Typ. Klein und stämmig, energisches Kinn, eigensinnige Stirn, leicht gekräuselter Haarkranz. Sehr eleganter Anzug. Feine Unterwäsche mit Monogramm. Ein Mann, der es gewohnt war, auf großem Fuß zu leben, Befehle zu erteilen und das Geld mit vollen Händen auszugeben. Kein Schmutz, kein Stäubchen an den Lackschuhen. Also selbst wenn er mit dem Zug nach Arpajon gefahren ist, hat er die drei Kilometer, die uns vom Ort trennen, nicht zu Fuß zurückgelegt.

Ich nehme an, er ist mit dem Wagen von Paris oder vielleicht aus Antwerpen gekommen.

Der Arzt versichert, daß er auf der Stelle tot war und zu

diesem Zeitpunkt sein Abendessen schon verdaut hatte. Dennoch hat man in seinem Magen deutliche Spuren von Champagner und gerösteten Mandeln gefunden.

In der Nacht von Samstag auf Sonntag hat kein einziger Gastwirt in Arpajon Champagner ausgeschenkt, und ich wette mit Ihnen, daß Sie in der ganzen Stadt keine gerösteten Mandeln finden werden.«

Ein Lastwagen rollte laut scheppernd mit fünfzig Stundenkilometern an ihnen vorbei.

»Sehen Sie sich die Garage der Michonnets an, Kommissar. Der Versicherungsagent besitzt erst seit einem Jahr einen Wagen. Sein erstes Auto war eine Klapperkiste, und dieser Bretterschuppen an der Straße, der nur ein Vorhängeschloß hat, genügte Michonnet völlig als Unterstellplatz. Er hat seither noch keine Zeit gehabt, eine neue Garage zu bauen. Also wurde der neue Sechszylinder aus diesem Schuppen geholt. Er mußte zum Haus der Drei Witwen gefahren werden, man mußte dort das Tor und die Garage öffnen, Andersens Wagen heraus-, Michonnets hineinfahren. Und zu all dem mußte man Goldberg hinter das Steuer setzen und ihn dann mit einer Kugel aus nächster Nähe erschießen ... Niemand hat etwas gesehen, etwas gehört. Und keiner hat ein Alibi! Ich weiß nicht, ob Sie auch dieses Gefühl haben, aber als ich vorhin bei Einbruch der Nacht auf dem Rückweg von Avrainville war, fühlte ich mich völlig aus dem Gleichgewicht gebracht. Dieser Fall hat etwas Anormales, irgendwie Perfides.

Ich ging bis zum Tor des Hauses der Drei Witwen. Ich wußte, Sie sind drin. Die Fassade war dunkel, aber im Garten sah ich einen schwachen gelblichen Lichtschein.

Es ist idiotisch, ich weiß! Aber mit einem Mal bekam ich Angst, um Sie, versteht sich... Drehen Sie sich jetzt nicht zu hastig um... Madame Michonnet lauert hinter ihrem Vorhang...

Wahrscheinlich täusche ich mich, aber ich könnte schwören, daß uns die Hälfte aller vorbeikommenden Autofahrer auf eine besondere Art beobachten.«

Maigret ließ seinen Blick noch einmal über das Dreieck schweifen. Die Felder sah man nicht mehr, die Dunkelheit hatte sie verschluckt. Auf der rechten Seite der Hauptstraße mündete gegenüber der Autowerkstatt die Straße nach Avrainville ein, die nicht, wie die Hauptstraße, von Bäumen gesäumt war, sondern an deren einer Seite sich eine Reihe von Telegrafenmasten hinzog.

In achthundert Metern Entfernung einige Lichter: die ersten Häuser des Dorfes.

»Champagner und geröstete Mandeln«, murmelte der Kommissar vor sich hin.

Langsam ging er weiter und blieb dann wie ein Spaziergänger vor der Autowerkstatt stehen, in der ein Mechaniker im Overall im stechenden Licht einer Bogenlampe den Reifen eines Autos wechselte.

Es war mehr eine Reparaturwerkstatt als ein Autohandel. Ein Dutzend Wagen stand herum, alle alt und unmodern. Einer hing, ohne Räder und Motor, nur als Gerippe an den Ketten eines Flaschenzugs.

»Gehen wir abendessen! Um wieviel Uhr soll Madame Goldberg eintreffen?«

»Ich weiß es nicht. Im Laufe des Abends.«

Im Gasthof von Avrainville war niemand. Eine Theke, ein paar Flaschen, ein mächtiger Ofen, ein kleiner Billardtisch mit steinharten Banden und durchlöchertem Filz, ein Hund und eine Katze, die nebeneinander schliefen.

Der Wirt bediente, während man seine Frau in der Küche Schnitzel braten sah.

»Wie heißt der Besitzer der Autowerkstatt an der Kreuzung?« erkundigte sich Maigret, während er eine Sardine verzehrte, die als Vorspeise herhalten mußte.

»Monsieur Oscar.«

»Wohnt er schon lange hier?«

»Vielleicht seit acht, vielleicht seit zehn Jahren. Ich habe nur einen Karren und ein Pferd, daher...«

Und der Mann bediente sie uninteressiert weiter. Er war nicht sehr redselig. Er machte sogar einen recht verschlossenen Eindruck, als wäre er mißtrauisch.

»Und Monsieur Michonnet?«

»Das ist der Versicherungsagent.«

Das war alles.

»Trinken Sie Weißen oder Roten?«

Er mühte sich eine Weile damit ab, ein Stückchen Kork, das in die Flasche gefallen war, herauszufischen, bis er den Wein schließlich umfüllte.

»Und die Leute im Haus der Drei Witwen?«

»Die habe ich eigentlich noch nie gesehen. Jedenfalls nicht die Dame, die es dort zu geben scheint. Die Hauptstraße gehört schon nicht mehr zu Avrainville.«

»Gut durchgebraten?« rief seine Frau aus der Küche.

Maigret und Lucas sagten schließlich nichts mehr, und jeder hing seinen Gedanken nach. Um neun Uhr, nachdem sie noch einen gepanschten Calvados getrunken hatten, brachen sie auf und gingen erst ein wenig auf und ab, ehe sie den Weg zur Kreuzung einschlugen.

»Sie kommt nicht.«

»Ich würde zu gern wissen, was Goldberg in dieser Gegend zu schaffen hatte. Champagner und geröstete Mandeln! Hatte er Diamanten in seinen Taschen?«

»Nein. Nur gut zweitausend Francs in der Brieftasche.«

In der Autowerkstatt brannte immer noch Licht. Maigret stellte fest, daß Monsieur Oscars Wohnhaus nicht an der Straße, sondern hinter der Werkstatt stand, so daß man die Fenster nicht sehen konnte.

Der Mechaniker im Overall aß auf dem Trittbrett eines Wagens sitzend sein Abendbrot. Plötzlich tauchte aus dem Dunkel der Straße, nur wenige Schritte von den beiden Kriminalbeamten entfernt, der Werkstattbesitzer auf.

»Guten Abend, Messieurs!«

»Guten Abend«, brummte Maigret.

»Schöne Nacht heute! Wenn's weiter so bleibt, werden wir an Ostern herrliches Wetter haben.«

»Sagen Sie«, begann der Kommissar in barschem Ton, »bleibt Ihre Werkstatt die ganze Nacht geöffnet?«

»Nicht geöffnet, nein! Aber ein Mann ist immer in Bereitschaft, er schläft auf einem Feldbett. Das Tor ist abgeschlossen. Die Stammkunden klingeln, wenn sie etwas brauchen.«

»Ist nachts viel Verkehr auf der Straße?«

»Nicht sehr viel, ein paar Autos eben. Die Lastwagen, die die Markthallen beliefern. In dieser Gegend wird Frühgemüse und vor allem Kresse angebaut. Manchmal geht einem das Benzin aus, oder es ist eine Kleinigkeit zu reparieren... Wollen Sie nicht auf einen Schluck reinkommen?«

»Danke.«

»Sie täten gut daran! Aber ich will Sie nicht drängen. Nun, haben Sie diese Autogeschichte noch nicht aufgeklärt? Monsieur Michonnet wird noch krank werden vor Ärger, müssen Sie wissen. Wenn er nicht sofort einen neuen Sechszylinder hingestellt bekommt...«

Das Licht eines Scheinwerfers tauchte in der Ferne auf, wurde heller. Dann ein Brummen und ein dunkler Schatten, der vorüberglitt.

»Der Arzt aus Etampes«, murmelte der Werkstattbesitzer. »Er hat Sprechstunde in Arpajon gehabt. Sein Kollege wird ihn zum Abendessen eingeladen haben.«

»Kennen Sie alle Autos, die hier vorbeikommen?«

»Viele. Sehen Sie die beiden Funzeln dort! Da fährt einer seine Kresse zu den Markthallen. Diese Leute sehen einfach nicht ein, daß sie ihre Scheinwerfer einschalten müssen. Dabei nehmen sie auch noch die ganze Breite der Straße ein!... 'n Abend, Jules!«

Oben vom Lastwagen antwortete eine Stimme, dann war er vorüber, und man sah nur noch die roten Rücklichter, die von der Nacht schnell verschluckt wurden.

In der Ferne glitt ein Zug wie eine leuchtende Raupe durch die nächtliche Stille.

»Der Schnellzug von neun Uhr zweiunddreißig. Wollen Sie wirklich nichts trinken? Jojo! Wenn du mit dem Abendbrot fertig bist, dann sieh mal die dritte Zapfsäule nach, da hat sich etwas verklemmt...«

Wieder Scheinwerfer. Aber der Wagen fuhr vorbei. Es war nicht Madame Goldberg.

Maigret rauchte pausenlos. Er ließ Monsieur Oscar vor seiner Werkstatt stehen und begann auf und ab zu gehen. Lucas folgte ihm auf Schritt und Tritt und führte dabei halblaut Selbstgespräche.

Im Haus der Drei Witwen brannte nirgendwo Licht. Die Kriminalbeamten gingen zehnmal am Tor vorüber, und zehnmal blickte Maigret mechanisch zu dem Fenster hinauf, von dem er wußte, daß es zu Elses Zimmer gehörte.

Dann passierten sie die Villa der Michonnets, ein Neubau ohne jeden Stil, mit einer lackierten Eichentür und einem lächerlichen Gärtchen.

Dann die Werkstatt, den Mechaniker, der gerade die Zapfsäule reparierte, Monsieur Oscar, der ihm Ratschläge erteilte, während er beide Hände in den Taschen stecken hatte.

Ein aus Etampes kommender Lastwagen hielt an, um aufzutanken, ehe er nach Paris weiterfuhr. Auf dem Berg von Gemüse lag ein schlafender Mann: der zweite Fahrer, der jede Nacht zur immer selben Zeit die immer selbe Strecke fuhr.

»Dreißig Liter!«

»Wie geht's?«

»Ganz gut.«

Ein lautes Kupplungsgeräusch, und der Lastwagen fuhr davon, ratterte bald mit sechzig Stundenkilometern die abschüssige Straße nach Arpajon hinunter.

»Sie kommt nicht mehr«, seufzte Lucas. »Wahrscheinlich hat sie sich entschlossen, in Paris zu übernachten.«

Noch dreimal gingen sie die zweihundert Meter lange

Strecke der Kreuzung ab, bis Maigret plötzlich den Weg nach Avrainville einschlug. Als er vor dem Gasthof ankam, waren dort bis auf eines alle Lichter gelöscht, und die Gaststube war leer.

»Ich glaube, ich höre ein Auto...«

Sie drehten sich um. Tatsächlich. Zwei auf das Dorf gerichtete Scheinwerfer bohrten sich durch die Nacht. Ein Wagen wendete gegenüber der Werkstatt und blieb dann mit laufendem Motor stehen. Jemand sprach.

»Sie fragen nach dem Weg.«

Schließlich kam der Wagen näher, und die Telegrafenmasten traten nacheinander in sein Licht. Dann erfaßte der Scheinwerferstrahl Maigret und Lucas, die beide vor dem Gasthof standen.

Bremsen quietschten. Ein Chauffeur stieg aus, ging um den Wagen herum und öffnete die Tür.

»Sind wir hier richtig?« hörte man eine Frau im Wageninnern fragen.

»Ja, Madame. Avrainville. Und es hängt ein Tannenzweig über der Tür.«

Ein Bein im Seidenstrumpf. Ein Fuß wurde auf den Boden gesetzt. Man ahnte schon den Pelzmantel. Maigret trat vor, um die Besucherin in Empfang zu nehmen.

In diesem Augenblick gab es eine Detonation. Ein Schrei. Die Frau fiel kopfüber zu Boden, prallte buchstäblich auf und blieb in sich verkrümmt liegen, während sich eines ihrer Beine krampfartig streckte.

Der Kommissar und Lucas blickten sich an.

»Kümmere dich um sie!« befahl Maigret.

Aber schon waren mehrere Sekunden verloren. Der entsetzte Chauffeur rührte sich nicht von der Stelle. Im ersten Stock des Gasthofs wurde ein Fenster geöffnet.

Der Schuß war aus dem Feld rechts der Straße gekommen. Noch im Laufen zog der Kommissar seinen Revolver aus der Tasche. Er hörte etwas, ein dumpfes Tappen von Schritten auf dem Lehmboden. Aber wegen der Autoscheinwerfer, die einen Teil der Straße grell beleuchteten, so daß alles andere in tiefer Dunkelheit lag, konnte er nichts sehen.

Er drehte sich um und schrie:

»Die Scheinwerfer!«

Zunächst geschah nichts. Er wiederholte den Ruf. Und dann kam es zu einem katastrophalen Mißverständnis. Der Chauffeur oder Lucas, einer der beiden, richtete die Scheinwerfer direkt auf den Kommissar.

Und er, auf dem kahlen Feld stehend, hob sich als mächtiger dunkler Schatten deutlich ab.

Der Mörder mußte weitergerannt sein, nach vorn oder nach links oder rechts, jedenfalls war er außerhalb des Lichtkegels.

»Die Scheinwerfer! Zum Teufel noch mal!« brüllte Maigret erneut.

Er ballte die Fäuste vor Wut. Wie ein gejagter Hase rannte er über das Feld. Und wegen diesem Licht schätzte er die Entfernung völlig falsch ein. So sah er plötzlich weniger als hundert Meter vor sich die Zapfsäule der Tankstelle.

Dann eine menschliche Gestalt, sehr nah. Eine heisere Stimme:

»Was ist hier los?«

Maigret blieb jäh stehen, er hätte heulen mögen vor Wut. Er musterte Monsieur Oscar von Kopf bis Fuß und stellte fest, daß dieser keinen Schmutz an seinen Pantoffeln hatte.

»Haben Sie jemanden gesehen?«

»Nur ein Auto, dessen Chauffeur sich nach dem Weg nach Avrainville erkundigt hat.«

Der Kommissar entdeckte ein rotes Licht, das sich auf der Hauptstraße in Richtung Arpajon entfernte.

»Wer war das?«

»Ein Lastwagen, der zu den Markthallen fährt.«

»Hat er angehalten?«

»Er hat zwanzig Liter getankt.«

Undeutlich sah man, wie drüben beim Gasthof etwas in Bewegung geriet. Die Scheinwerfer glitten weiter über das einsame Feld. Maigrets Blick fiel unvermittelt auf das Haus der Michonnets. Er überquerte die Straße und klingelte.

Ein kleines Guckfenster in der Tür öffnete sich.

»Wer ist da?«

»Kommissar Maigret. Ich möchte Monsieur Michonnet sprechen.«

Eine Kette wurde abgenommen, zwei Riegel zurückgeschoben. Ein Schlüssel drehte sich im Schloß. Madame Michonnet erschien in der Tür. Sie schien beunruhigt, ja sogar verstört, und sie warf verstohlene Blicke in beide Richtungen der Straße.

»Haben Sie ihn nicht gesehen?«

»Ist er nicht zu Hause?« fragte Maigret mit einem leisen Hoffnungsschimmer.

»Nun… Ich weiß nicht… Ich… Da ist gerade geschossen worden, nicht wahr?... Aber kommen Sie doch herein!« Sie war etwa vierzig Jahre alt, hatte ein grobes, wenig anziehendes Gesicht. »Monsieur Michonnet ist einen Augenblick hinausgegangen, um...«

Links stand eine Tür auf, die ins Eßzimmer führte. Der Tisch war noch nicht abgeräumt.

»Wie lange ist er schon weg?«

»Ich weiß es nicht. Eine halbe Stunde vielleicht.«

Aus der Küche klangen Geräusche.

»Haben Sie ein Hausmädchen?«

»Nein. Vielleicht ist es die Katze.«

Der Kommissar öffnete die Tür und sah Monsieur Michonnet, der gerade durch die Hintertür hereinkam. Seine Schuhe hingen voller Erde. Er wischte sich den Schweiß von der Stirn.

Einen Augenblick lang sahen sich die beiden Männer schweigend und verdutzt an.

»Ihre Waffe!« sagte Maigret dann.

»Meine...?«

»Ihre Waffe, schnell!«

Der Versicherungsagent zog einen Trommelrevolver aus seiner Hosentasche und reichte ihn Maigret. Aber alle sechs Kugeln waren vorhanden, und der Lauf war kalt.

»Wo kommen Sie her?«

»Von dort hinten.«

»Was heißt von dort hinten?«

»Hab keine Angst, Emile. Sie werden es nicht wagen, dir etwas anzutun!« mischte sich Madame Michonnet ein. »Das wär dann doch die Höhe! Mein Schwager ist Friedensrichter in Carcassonne...«

»Einen Moment, Madame. Ich spreche mit Ihrem Mann... Sie kommen aus Avrainville. Was hatten Sie dort zu tun?«

»Avrainville? Ich?«

Er zitterte. Vergeblich versuchte er, Haltung zu bewahren. Aber seine Verblüffung schien nicht gespielt zu sein.

»Ich schwöre Ihnen, ich komme von dort hinten, vom Haus der Drei Witwen. Ich wollte sie selbst überwachen, weil...«

»Sind Sie nicht auf das Feld hinausgegangen? Haben Sie nichts gehört?«

»War es ein Schuß? Ist jemand getötet worden?«

Seine Schnurrbartspitzen hingen herunter. Er blickte seine Frau an, wie ein kleiner Junge seine Mama bei einer drohenden Gefahr anblickt.

»Ich schwöre Ihnen, Kommissar... Ich schwöre Ihnen...«

Er stampfte mit dem Fuß auf den Boden, während sich seine Augen mit Tränen füllten.

»Das ist unerhört!« brach es aus ihm heraus. »Man stiehlt mir meinen Wagen und setzt eine Leiche hinein. Man weigert sich, ihn mir zurückzugeben. Fünfzehn Jahre habe ich gearbeitet, um ihn mir zu leisten zu können! Und jetzt werde ich auch noch beschuldigt...«

»Sei still, Emile! Ich werde mit ihm reden, ich!«

Aber Maigret ließ ihr dazu keine Zeit.

»Haben Sie noch andere Waffen im Haus?«

»Nur diesen Revolver, den wir gekauft haben, als wir die Villa bauen ließen. Und im übrigen sind immer noch dieselben Kugeln darin, die der Waffenhändler hineingetan hat.«

»Sie kommen vom Haus der Drei Witwen?«

»Ich hatte Angst, man könnte mir mein Auto ein zweites Mal stehlen. Ich wollte selbst Ermittlungen anstellen. Ich habe mich in den Park geschlichen, das heißt, ich bin über die Mauer geklettert...«

»Haben Sie sie gesehen?«

»Wen? Die beiden Andersens?... Natürlich! Sie sind dort, in ihrem Salon. Sie streiten sich seit einer Stunde!«

»Sie sind dann weggegangen, als Sie den Schuß hörten?«

»Ja. Aber ich war mir nicht sicher, ob es ein Schuß war. Es schien mir nur... Ich war aufgeregt...«

»Haben Sie sonst wen gesehen?«

»Niemanden.«

Maigret ging zur Haustür. Er hatte sie kaum geöffnet, da entdeckte er Monsieur Oscar, der auf ihn zugeeilt kam.

»Ihr Kollege schickt mich, Kommissar. Ich soll Ihnen ausrichten, daß die Frau tot ist. Mein Mechaniker benachrichtigt schon die Gendarmerie in Arpajon. Er wird auch einen Arzt mitbringen. Erlauben Sie? Ich kann die Werkstatt nicht allein lassen.«

In Avrainville sah man immer noch das fahle Licht der Scheinwerfer, die einen Teil der Hauswand des Gasthofes beschienen, und Schatten, die sich um ein Auto bewegten.

4

Die Gefangene

Langsam und mit gesenktem Kopf ging Maigret über das Feld, dem das junge Getreide einen blaßgrünen Schimmer zu verleihen begann.

Es war Morgen. Die Sonne schien, und die Luft vibrierte vom Gezwitscher unsichtbarer Vögel. In Avrainville wartete Lucas vor der Tür des Gasthofes auf die Vertreter der Staatsanwaltschaft, während er den Wagen im Auge behielt, der Madame Goldberg hergebracht hatte. Sie hatte ihn in Paris an der Place de l'Opéra gemietet.

Die Frau des Antwerpener Diamantenhändlers lag auf einem Eisenbett im ersten Stock. Man hatte ein Tuch über die Leiche gebreitet, die der Arzt in der Nacht halb entkleidet hatte.

Es waren die ersten Stunden eines schönen Apriltages. Dort auf dem Feld, auf dem Maigret dem Mörder vergeblich nachgejagt war, weil ihn die Scheinwerfer geblendet hatten, und auf dem er jetzt Schritt für Schritt den Spuren von der Nacht folgte, beluden zwei Bauern einen Karren mit Rüben, die sie von einem großen Haufen nahmen, während die Pferde geduldig warteten.

Die Baumreihen beiderseits der Hauptstraße durchschnitten das Panorama. Die roten Zapfsäulen der Tankstelle glänzten im Sonnenlicht.

Maigret rauchte. Er tat es langsam, beharrlich, vielleicht mißgestimmt. Die Fußspuren auf dem Feld schienen zu beweisen, daß Madame Goldberg von einer Gewehrkugel getötet worden war, denn der Mörder hatte sich dem Gasthof auf nicht mehr als dreißig Meter genähert.

Es waren wenig aufschlußreiche Abdrücke von Schuhen mit glatter Sohle und von durchschnittlicher Größe. Die Spur verlief in einem Bogen bis zur Kreuzung der Drei Witwen, wo sie sich an einer Stelle verlor, die vom Haus der Andersens, von der Michonnet-Villa und von der Tankstelle etwa gleich weit entfernt lag.

Aber das bewies gar nichts! Es erbrachte keine neuen Aspekte, und Maigret klemmte fast ein wenig verbissen seine Pfeife zwischen die Zähne, als er auf die Straße hinaustrat.

Er sah Monsieur Oscar unter der Tür stehen, die Hände in die Taschen seiner viel zu weiten Hose gesteckt. Ein alberner Ausdruck stand in seinem vulgären Gesicht.

»Schon auf, Kommissar?« rief er über die Straße.

In diesem Augenblick hielt zwischen der Tankstelle und Maigret ein Wagen. Es war Andersens kleiner 5 CV.

Der Däne, der Handschuhe und einen weichen Hut trug und eine Zigarette im Mund hatte, saß am Steuer. Er nahm den Hut ab und sagte:

»Dürfte ich Sie kurz sprechen, Kommissar?«

Er hatte die Scheibe heruntergekurbelt und fuhr in seiner üblichen korrekten Art fort:

»Ich wollte Sie auf jeden Fall erst um die Erlaubnis bitten, mich nach Paris begeben zu dürfen. Ich hoffte, Sie hier anzutreffen. Ich will Ihnen sagen, was mich dorthin ruft.

Wir haben den 15. April. Am heutigen Tage bekomme ich von Dumas & Fils das Honorar für meine Arbeit. Und außerdem muß ich heute auch meine Miete bezahlen.«

Er entschuldigte sich mit einem vagen Lächeln.

»Recht schäbige Kleinigkeiten, wie Sie sehen, aber auch recht dringliche... Ich brauche das Geld.«

Er nahm kurz das schwarze Monokel ab, um es besser festzuklemmen, und Maigret wandte den Kopf ab, denn er mochte dem starren Blick des Glasauges nicht begegnen.

»Ihre Schwester?«

»Genau... Darüber wollte ich mit Ihnen noch sprechen. Ist es zuviel verlangt, wenn ich Sie bitte, das Haus im Blick zu behalten?«

Drei schwarze Autos fuhren von Arpajon her die Steigung herauf und bogen nach links in Richtung Avrainville ab.

»Wer ist das?«

»Die Staatsanwaltschaft. Madame Goldberg ist heute nacht ermordet worden, als sie vor dem Gasthof aus dem Auto stieg.«

Maigret achtete genau auf seine Reaktion. Auf der anderen Straßenseite schlenderte Monsieur Oscar gemütlich vor seiner Tankstelle auf und ab.

»Ermordet...«, wiederholte Carl.

Und plötzlich nervös:

»Hören Sie, Kommissar! Ich muß nach Paris! Ich kann nicht ohne Geld dastehen, vor allem nicht, wenn die Lieferanten mit ihren Rechnungen kommen. Aber sobald ich wieder zurück bin, will ich bei der Suche nach dem Schuldigen behilflich sein. Sie werden mir das erlauben, nicht wahr? Ich weiß nichts Genaues, aber ich habe so ein Gefühl... Wie soll ich sagen?... Ich ahne irgendwelche Zusammenhänge.«

Er mußte dicht an den Gehweg heranfahren, weil ein aus Paris kommender Lastwagen hupte, um vorbeifahren zu können.

»Fahren Sie«, sagte Maigret zu ihm.

Carl grüßte und nahm sich noch die Zeit, eine Zigarette anzuzünden, bevor er startete. Die alte Klapperkiste fuhr den Berg hinunter und erklomm langsam die nächste Steigung.

Am Ortseingang von Avrainville standen drei Autos, und man sah einige Gestalten, die sich bewegten.

»Wollen Sie etwas trinken?«

Mit einem Stirnrunzeln betrachtete Maigret den lächelnden Werkstattbesitzer, der sich nicht entmutigen ließ, ihn zum Trinken einzuladen.

Aber er stopfte sich eine Pfeife und machte sich auf den Weg zum Haus der Drei Witwen, wo in den großen Bäumen Vögel umherflatterten und laut zwitscherten. Er mußte an der Villa der Michonnets vorbei.

Dort waren die Fenster geöffnet. Im Schlafzimmer im ersten Stock sah man Madame Michonnet, die eine Haube auf dem Kopf trug und gerade einen kleinen Teppich ausschüttelte.

Der Versicherungsagent saß ohne Kragen, unrasiert und ungekämmt hinter einem Fenster im Erdgeschoß und sah mit düsterer und zugleich abweisender Miene auf die Straße hinaus. Er rauchte eine Meerschaumpfeife, deren Stiel aus Kirschholz war. Als er den Kommissar erblickte, tat er, als sei er vollauf damit beschäftigt, diese Pfeife zu reinigen, und er vermied es, ihn zu grüßen.

Wenige Augenblicke später klingelte Maigret am Tor des Hauses der Andersens. Zehn Minuten wartete er vergeblich. Alle Fensterläden waren geschlossen. Außer dem beständigen Zwitschern der Vögel, die jeden Baum in eine quirlige Welt verwandelten, hörte man keinen Laut.

Schließlich zuckte er die Schultern, untersuchte das Schloß und wählte einen Dietrich, der den Riegel aufspringen ließ. Und wie am Tag zuvor ging er um das Gebäude herum zu den Glastüren des Salons.

Dort klopfte er an, ebenfalls ohne Erfolg. Aber er blieb stur und trat mit finsterer Miene ein, warf einen Blick auf das offenstehende Grammophon und sah, daß eine Schallplatte aufgelegt war.

Warum er sie spielen ließ? Er hätte es nicht sagen können. Die Nadel kratzte. Ein argentinisches Orchester spielte einen Tango, während Maigret die Treppe hinaufging.

Andersens Zimmer im ersten Stock war nicht verschlossen. Neben dem Kleiderständer entdeckte Maigret ein Paar Schuhe, das ohne Zweifel frisch geputzt war, denn die Bürste und Schuhcreme lagen noch da, und Schmutzkrümel waren über den Boden verstreut.

Der Kommissar hatte die Umrisse der auf dem Feld gefundenen Schuhabdrücke auf ein Blatt Papier gezeichnet. Nun verglich er und stellte absolute Übereinstimmung fest.

Aber er erschrak darüber nicht. Und er schien sich auch nicht zu freuen. Er rauchte die ganze Zeit, und die schlechte Laune, mit der er erwacht war, hielt an.

Eine Frauenstimme rief:

»Bist du es?«

Er zögerte zu antworten. Er sah niemanden. Die Stimme war aus Elses Zimmer erklungen, dessen Tür geschlossen war.

»Ich bin's«, sagte er schließlich so undeutlich wie möglich.

Ein ziemlich langes Schweigen. Dann plötzlich:

»Wer ist da?«

Nun konnte er sich nicht mehr verleugnen.

»Der Kommissar. Ich war gestern schon hier. Ich würde gern ein paar Worte mit Ihnen wechseln, Mademoiselle.«

Wieder ein Schweigen. Maigret versuchte zu erraten, was sie wohl auf der anderen Seite dieser Tür tun mochte, unter der durch einen schmalen Spalt ein Lichtstreifen in den Flur kroch.

»Ich höre Ihnen zu«, sagte sie schließlich.

»Wären Sie so nett, mir die Tür zu öffnen? Wenn Sie nicht angezogen sind, warte ich gern.«

Immer wieder dieses ärgerliche Schweigen. Ein kurzes Lachen.

»Sie bitten mich da um eine schwierige Sache, Kommissar!«

»Warum?«

»Weil ich eingeschlossen bin. Sie werden also mit mir sprechen müssen, ohne daß wir uns sehen können.«

»Wer hat Sie eingeschlossen?«

»Mein Bruder Carl. Ich selbst bitte ihn immer darum, wenn er fortgeht, weil ich solche Angst vor Landstreichern habe.«

Maigret sagte nichts, zog seinen Dietrich aus der Tasche und schob ihn lautlos in das Schloß. Die Kehle schnürte sich ihm ein wenig zu – vielleicht weil es nicht ganz unschuldige Gedanken waren, die ihm dabei durch den Kopf gingen.

Und als das Schloß aufsprang, stieß er die Tür nicht gleich auf, sondern warnte sie lieber vorher:

»Ich komme jetzt herein, Mademoiselle.«

Er hatte ein merkwürdiges Gefühl, als er aus dem sonnenlosen Flur mit den düsteren Wänden in den lichtdurchfluteten Raum trat.

Wohl waren die Fensterläden geschlossen, aber durch die waagrechten Lamellen drangen breite Sonnenstrahlen, so daß das ganze Zimmer wie ein Puzzle aus Licht und Schatten wirkte. Die Wände, die Gegenstände, sogar Elses Gesicht waren wie in leuchtende Streifen geschnitten.

Und hinzu kam auch noch das schwere Parfum der jungen Frau sowie gewisse undeutliche Details: auf einen Sessel hingeworfene Seidenwäsche, eine brennende orientalische Zigarette in einer Porzellanschale, die auf einem kleinen Lacktisch stand, und schließlich Else, in einem granatfarbenen Morgenrock, ausgestreckt auf dem schwarzen Samt des Diwans.

Mit großen Augen sah sie Maigret hereinkommen, und amüsierte Verblüffung, in die sich vielleicht ein leises Erschrecken mischte, lag in ihrem Blick.

»Was tun Sie?«

»Ich wollte Sie sprechen. Entschuldigen Sie, wenn ich Sie störe.«

Sie lachte, und es war ein Kinderlachen. Sie zog ihren

Morgenrock über ihre eine entblößte Schulter. Und sie blieb liegen, schmiegte sich geradezu in den Diwan, der, wie der ganze übrige Raum, in gestreiftes Sonnenlicht getaucht war.

»Sie sehen, ich habe nichts Besonderes gemacht. Ich mache nie etwas!«

»Warum haben Sie Ihren Bruder nicht nach Paris begleitet?«

»Er will das nicht. Er behauptet, die Gegenwart einer Frau sei hinderlich bei Verhandlungen unter Geschäftsleuten.«

»Gehen Sie nie aus dem Haus?«

»Doch, ich gehe im Park spazieren.«

»Und sonst?«

»Er ist drei Hektar groß. Das reicht, um mir die Beine zu vertreten, nicht wahr? Aber setzen Sie sich doch, Kommissar. Es amüsiert mich, wie Sie hier so heimlich eingedrungen sind.«

»Was wollen Sie damit sagen?«

»Daß mein Bruder ein schön dummes Gesicht machen wird, wenn er heimkommt. Er ist schlimmer als eine Mutter. Schlimmer noch als ein eifersüchtiger Liebhaber. Er hat die Rolle meines Beschützers übernommen, und wie Sie sehen, nimmt er es sehr ernst damit.«

»Ich dachte, Sie seien diejenige, die eingeschlossen werden will, weil Sie sich vor Banditen fürchten.«

»Ja, das auch. Ich habe mich so an die Einsamkeit gewöhnt, daß ich nunmehr Angst vor den Menschen habe.«

Maigret hatte sich in einen Sessel gesetzt und seinen Hut auf den Teppich gelegt. Und jedesmal, wenn Else ihn ansah, wandte er den Kopf ab, weil es ihm nicht gelang, in diese Augen zu sehen.

Am Tag zuvor war sie ihm lediglich geheimnisvoll erschienen. In dem schummrigen, fast feierlichen Licht, in dem er sie gesehen hatte, hatte sie einer Filmheldin geglichen, und die Unterhaltung hatte etwas Theatralisches gehabt.

Jetzt war er bemüht, die menschliche Seite dieses Wesens zu entdecken. Doch irgend etwas brachte ihn dabei in Verlegenheit. Es war die Intimität dieser Begegnung.

Der parfümierte Raum, sie im Morgenrock, ausgestreckt auf dem Diwan, der wippende Pantoffel an ihrem nackten Fuß, und Maigret, ein Mann in gesetztem Alter, mit leicht gerötetem Gesicht, den Hut zu seinen Füßen...

Hätten sie nicht ein gutes Bild für ›La Vie Parisienne‹ abgegeben?

Ziemlich ungeschickt steckte er die Pfeife in die Tasche, obwohl er sie nicht ausgeklopft hatte.

»Kurz und gut, Sie langweilen sich hier.«

»Nein... ja... ich weiß nicht. Möchten Sie eine Zigarette?«

Sie deutete auf eine Zigarettenschachtel türkischer Herkunft, auf deren Banderole der Preis von 20,65 Francs aufgedruckt war, und Maigret erinnerte sich, daß die beiden im Monat mit zweitausend Francs auskommen mußten, daß Carl Geld brauchte, um seine Miete und die Rechnungen seiner Lieferanten bezahlen zu können.

»Rauchen Sie viel?«

»Eine oder zwei Schachteln täglich.«

Sie reichte ihm ein feinziseliertes Feuerzeug und hob mit

einem tiefen Seufzen die Brust. Ihr Morgenrock klaffte auseinander.

Aber der Kommissar wollte nicht voreilig über sie urteilen. Er hatte unter Gästen in Luxushotels schon pompösere Ausländerinnen gesehen, die ein biederer Kleinbürger gewiß für Dirnen gehalten hätte.

»Ist Ihr Bruder gestern abend ausgegangen?«

»Meinen Sie? Ich weiß es nicht.«

»Haben Sie sich nicht den ganzen Abend mit ihm gestritten?«

Sie lächelte und entblößte dabei ihre wunderschönen Zähne.

»Wer hat Ihnen das gesagt? Er? Wir streiten uns manchmal, aber auf eine gutmütige Art. Nun, gestern habe ich ihm Vorwürfe gemacht, weil er Ihnen gegenüber so ein schlechter Gastgeber war. Er ist so ungesellig! Schon als er noch klein war...«

»Sie haben in Dänemark gelebt?«

»Ja, in einem großen Schloß an der Ostseeküste. Ein sehr tristes Schloß, das unscheinbar in der grauen Heide liegt. Kennen Sie die Gegend? Sie ist ziemlich öde ... Und dennoch ist es schön dort.«

Ihr Blick wurde schwer vor Heimweh. Ein sinnlicher Schauder durchfuhr ihren Körper. »Wir waren reich. Aber unsere Eltern waren sehr streng, wie die meisten Protestanten. Ich selbst halte es nicht mit dem Glauben, aber Carl ist noch fromm. Nicht ganz so fromm wie sein Vater, der sein ganzes Vermögen verloren hat, weil ihm seine Skrupel den Kopf verwirrten... Carl und ich haben das Land verlassen...«

»Vor drei Jahren?«

»Ja. Sie müssen wissen, daß mein Bruder dazu ausersehen war, ein hoher Würdenträger bei Hofe zu werden... Und plötzlich ist er gezwungen, seinen Lebensunterhalt mit diesen schrecklichen Modestoffen zu verdienen. In den zweit- oder sogar drittklassigen Hotels in Paris, in denen wir absteigen mußten, war er entsetzlich unglücklich. Er hat denselben Hauslehrer wie der Kronprinz gehabt... Und jetzt hat er sich hier vergraben...«

»Und Sie gleich mit.«

»Ja. Aber ich bin daran gewöhnt. Auch im Schloß meiner Eltern war ich eine Gefangene. Alle Mädchen, die meine Freundinnen hätten werden können, wurden von mir ferngehalten – angeblich wegen ihrer niedrigen Herkunft.«

Es war merkwürdig, mit welcher Plötzlichkeit sich ihr ganzes Gebaren nun änderte.

»Glauben Sie«, fragte sie, »daß Carl wirklich, wie soll ich sagen, nicht mehr normal ist?«

Und sie beugte sich vor, gespannt auf die Meinung des Kommissars.

»Sie befürchten, daß...?« wunderte sich Maigret.

»Das habe ich nicht gesagt. Gar nichts habe ich gesagt! Verzeihen Sie mir. Sie bringen mich zum Schwatzen. Ich weiß nicht, warum ich solches Vertrauen zu Ihnen habe. Nun...«

»Benimmt er sich manchmal seltsam?«

Lässig zuckte sie die Schultern, schlug die Beine übereinander, nahm sie wieder auseinander, erhob sich, und einen Augenblick lang blitzte ihre helle Haut durch den Stoff ihres Morgenmantels.

»Was soll ich Ihnen dazu noch sagen? Ich weiß nicht mehr... Seit dieser Autogeschichte... Warum hätte er einen Menschen töten sollen, den er gar nicht kennt?«

»Sind Sie sicher, Isaac Goldberg nie gesehen zu haben?«

»Ja. Soweit mir scheint...«

»Sie sind nie zusammen in Antwerpen gewesen?«

»Wir haben einmal dort übernachtet, als wir vor drei Jahren aus Kopenhagen kamen. Aber nein! Mein Bruder ist zu so etwas nicht fähig! Wenn er ein bißchen schrullig geworden ist, dann kommt das eher von seinem Unfall als von unserem Ruin, dessen bin ich mir sicher. Er hat gut ausgesehen. Er sieht noch gut aus, wenn er sein Monokel trägt. Aber sonst... Können Sie sich ihn vorstellen, wie er ohne dieses schwarze Stückchen Glas eine Frau umarmt? Dieses starre Auge in der rötlichen Augenhöhle!«

Sie schauderte.

»Das ist bestimmt der Hauptgrund, weshalb er sich versteckt.«

»Aber er versteckt auch Sie!«

»Was macht das schon!«

»Sie unterwerfen sich ihm.«

»Das ist die Aufgabe einer Frau, vor allem einer Schwester. In Frankreich ist es ein bißchen anders. Aber bei uns oder in England zählt in einer Familie nur der älteste Sohn, der Stammhalter.«

Sie erregte sich, rauchte hastiger und sog den Rauch tiefer ein. Sie ging auf und ab, während sich die Lichtstrahlen auf ihrem Morgenmantel verloren.

»Nein! Carl kann nicht töten. Das wäre ein Irrtum.

Haben Sie ihn nicht freigelassen, weil Sie das eingesehen haben? Es sei denn…«

»Es sei denn?«

»Sie werden das doch nicht zugeben! Ich weiß wohl, daß die Polizei einen Verdächtigen manchmal mangels ausreichender Beweise freiläßt, um ihn dann um so sicherer überführen zu können! Das wäre widerwärtig!«

Sie drückte die Zigarette in der Porzellanschale aus.

»Wenn wir nur nicht auf diese unselige Kreuzung gestoßen wären! Der arme Carl suchte die Einsamkeit. Aber hier sind wir weniger unter uns, Kommissar, als im belebtesten Pariser Stadtteil! Gegenüber diese unmöglichen und lächerlichen Kleinbürger, die uns belauern. Vor allem sie mit ihrer weißen Haube, die sie vormittags trägt, und ihrem schiefen Haarknoten am Nachmittag. Dann ein Stück weiter die Tankstelle… Drei Gruppen, drei Lager, würde ich sagen, alle gleich weit voneinander entfernt.«

»Haben Sie etwas mit den Michonnets zu tun?«

»Nein. Der Mann war einmal wegen einer Versicherung hier. Carl hat ihn hinauskomplimentiert.«

»Und der Werkstattbesitzer?«

»Der hat noch nie einen Fuß in unser Haus gesetzt.«

»War es Ihr Bruder, der am Sonntagmorgen fliehen wollte?«

Kurze Zeit schwieg sie mit gesenktem Kopf, und ihre Wangen röteten sich leicht.

»Nein«, seufzte sie schließlich mit kaum vernehmbarer Stimme.

»Sie wollten es?«

»Ja, ich. Es war gedankenlos von mir. Ich war wie von

Sinnen, als ich mir vorstellte, Carl hätte ein Verbrechen begangen haben können. Am Abend vorher war er so durcheinander. Also habe ich ihn gedrängt…«

»Hat er Ihnen nicht geschworen, daß er unschuldig sei?«

»Doch.«

»Haben Sie ihm nicht geglaubt?«

»Zuerst nicht.«

»Und jetzt?«

Langsam und jede einzelne Silbe betonend, antwortete sie:

»Obwohl Carl viel durchgemacht hat, glaube ich nicht, daß er von sich aus zu einer niederträchtigen Tat in der Lage wäre. Aber hören Sie auf mich, Kommissar. Er wird sicherlich bald zurückkehren. Und er wird Gott weiß was denken, wenn er Sie hier antrifft.«

Sie lächelte, ein trotz allem kokettes, wenn nicht fast provozierendes Lächeln.

»Sie werden ihn verteidigen, nicht wahr? Sie werden ihm da heraushelfen, ja? Ich wäre Ihnen so dankbar!«

Sie reichte ihm die Hand, und wieder klaffte ihr Morgenrock durch die Bewegung ein wenig auf.

»Auf Wiedersehen, Kommissar.«

Linkisch nahm er seinen Hut vom Boden und ging hinaus.

»Können Sie die Tür wieder abschließen, damit er nichts merkt?«

Wenige Augenblicke später stieg Maigret die Treppe hinab, durchquerte den so uneinheitlich möblierten Salon und trat auf die Terrasse hinaus, die im nun schon warmen Sonnenlicht lag.

Autos brummten auf der Straße. Lautlos schloß er das Tor hinter sich.

Als er an der Tankstelle vorüberkam, rief jemand mit spöttischer Stimme:

»Am hellen Morgen! Sie haben wohl vor gar nichts Angst, was?«

Und typisch vorstädtisch fügte Monsieur Oscar jovial hinzu:

»Also kommen Sie schon herein und trinken Sie was. Diese Herren von der Staatsanwaltschaft sind bereits wieder weg. Eine Minute werden Sie doch Zeit haben!«

Der Kommissar zögerte und verzog das Gesicht, weil ein Mechaniker seine Feile greinend über einen im Schraubstock steckenden Stahlbolzen gleiten ließ.

»Zehn Liter!« rief ein Autofahrer, der vor einer Zapfsäule stand. »Ist niemand da?«

Monsieur Michonnet stand noch unrasiert und ohne Hemdkragen in seinem Vorgärtchen und beobachtete über sein Tor hinweg die Straße.

»Na endlich!« rief Monsieur Oscar, als Maigret sich anschickte, ihm zu folgen. »Ich persönlich mag unkomplizierte Leute! Die sind anders als der Aristokrat von den Drei Witwen!«

5

Das verlassene Auto

Hier entlang, Kommissar! Es ist nicht gerade luxuriös bei uns, was? Wir sind eben nur Arbeiter!«

Er öffnete die Tür in das Haus, das hinter der Tankstelle stand, und sie traten ebenerdig in eine Küche, die wohl auch als Eßzimmer diente, denn auf dem Tisch stand noch das Frühstücksgeschirr.

Eine Frau in einem rosafarbenen gesteppten Morgenmantel, die gerade einen kupfernen Wasserhahn abrieb, hielt in ihrer Arbeit inne.

»Komm her, mein Täubchen, ich will dir Kommissar Maigret vorstellen! Meine Frau, Kommissar. Sie könnte sich durchaus ein Dienstmädchen leisten, aber dann hätte sie selbst nichts mehr zu tun und würde sich langweilen.«

Sie war weder hübsch noch häßlich und etwa dreißig Jahre alt. Ihr Morgenrock war gewöhnlich und keineswegs verführerisch. Unbeholfen stand sie vor Maigret und starrte auf ihren Mann.

»Geh, bring uns einen Aperitif. Einen Export-Cassis, Kommissar? Möchten Sie, daß wir in den Salon gehen? Nein? Um so besser. Ich bin immer für Offenheit... Stimmt's nicht, mein Täubchen? Nein, nicht diese Gläser. Die großen!«

Er lehnte sich in seinen Stuhl zurück. Er trug keine

Weste über seinem rosafarbenen Hemd, und er schob seine Hände unter den Gürtel über seinem prallen Bauch.

»Sehr reizvoll, die Dame von den Drei Witwen, was? Man darf das nicht zu laut sagen vor meiner Frau. Aber, unter uns, sie ist ein hübsches Geschenk für einen Mann. Nur ist da leider ihr Bruder... Wenn er ihr Bruder ist! Ein Ritter von der traurigen Gestalt, der seine Zeit damit verbringt, sie zu bewachen. Man munkelt hier sogar, daß er sie einschließt, wenn er für eine Stunde das Haus verläßt, und daß er das auch jede Nacht tut. Was meinen Sie, benehmen die sich etwa wie Geschwister? Auf Ihr Wohl! Nun, mein Täubchen, geh los und sag Jojo, er soll nicht vergessen, den Lardy-Lastwagen zu reparieren.«

Maigret wandte sich zum Fenster um, denn er hörte einen Motor brummen, der ihn an das Geräusch eines 5 CV erinnerte.

»Er ist es nicht, Kommissar. Ich kann Ihnen von hier aus mit geschlossenen Augen genau sagen, was auf der Straße vor sich geht. Dieses Auto jetzt, das gehört dem Ingenieur vom Elektrizitätswerk. Warten Sie darauf, daß unser Aristokrat zurückkehrt?«

Ein Wecker auf einem Regal zeigte elf Uhr an. Durch eine geöffnete Tür sah Maigret einen Flur, in dem ein Wandtelefon hing.

»Sie trinken ja nicht! Auf Ihre Untersuchung! Finden Sie diese ganze Geschichte nicht zum Lachen? Die Idee, die Wagen zu vertauschen, und vor allem, diesem Knauser von gegenüber seinen Sechszylinder zu klauen! Denn er ist ein Knauser! Ich schwöre Ihnen, mit dem als Nachbar sind wir bedient! Ich finde es spaßig, wie Sie seit gestern hier herumstreifen, und vor allem, wie Sie die Leute schief ansehen, als hätten Sie sie allesamt im Verdacht. Wissen Sie, der Vetter meiner Frau war ebenfalls bei der Polizei... Glücksspieldezernat. Er war jeden Nachmittag auf dem Rennplatz, und das Schönste war, daß er mir Tips lieferte. Auf Ihr Wohl!... Nun, mein Täubchen, alles erledigt?«

»Ja.«

Die junge Frau war hereingekommen und überlegte einen Augenblick, wie sie sich verhalten sollte.

»Komm, trink mit uns. Der Kommissar ist nicht so vornehm, daß er es ablehnen würde, mit dir anzustoßen, bloß weil du Lockenwickler im Haar hast.«

»Gestatten Sie, daß ich kurz telefoniere?« unterbrach Maigret.

»Aber bitte! Drehen Sie die Kurbel. Wenn Sie Paris wollen, wird man Sie sofort verbinden.«

Zuerst suchte er im Telefonbuch die Nummer der Firma Dumas & Fils heraus, des Stoffabrikanten, bei dem Carl Andersen sich Geld abholen wollte.

Das Gespräch war kurz. Der Kassierer am anderen Ende der Leitung bestätigte, daß Andersen an diesem Tag zweitausend Francs erhalten sollte, fügte jedoch hinzu, daß er in der Rue du 4-Septembre noch nicht aufgetaucht sei.

Als Maigret in die Küche zurückkam, rieb sich Monsieur Oscar genüßlich die Hände.

»Hören Sie! Ich muß Ihnen gestehen, es macht mir ungeheuren Spaß! Ich kenne nämlich die Musik!... An der Kreuzung geschieht ein Verbrechen. Außer unseren drei Familien wohnt hier kein Mensch, folglich werden wir alle drei verdächtigt. Aber ja doch! Tun Sie nicht so harmlos!

Ich habe gemerkt, daß Sie mich schief angesehen haben und nur widerwillig auf ein Gläschen hereingekommen sind!... Drei Häuser. Der Versicherungsagent macht einen viel zu dummen Eindruck, als daß ihm ein Verbrechen zuzutrauen wäre. Der Aristokrat ist ein Herr, aus dem man nicht klug wird. Bleib also nur noch ich, ein armer Teufel, ein Arbeiter, der es zur Selbständigkeit gebracht hat, der aber keine schönen Worte zu machen weiß... Ein ehemaliger Boxer! Wenn Sie sich im Zentralarchiv nach mir erkundigen, wird man Ihnen mitteilen, daß ich zwei- oder dreimal bei einer Razzia festgenommen wurde, weil ich, hauptsächlich zu meiner Boxerzeit, gerne auf ein Tänzchen in die Rue du Lappe gegangen bin. Ein andermal habe ich einem Polizisten, der mir Scherereien machen wollte, die Zähne eingeschlagen... Auf Ihr Wohl, Kommissar!«

»Danke.«

»Sie trinken doch noch einen? Ein Export-Cassis hat noch keinem geschadet! Verstehen Sie, ich spiele gern mit offenen Karten. Es gefällt mir gar nicht, daß Sie um meine Tankstelle herumstreichen, als wollten Sie mir heimlich auf die Finger sehen. Stimmt's nicht, mein Täubchen? Habe ich nicht gestern abend zu dir gesagt: ›Der Kommissar ist da! Soll er doch hereinkommen und alles durchsuchen, die Wohnung, die Werkstatt. Und dann soll er zugeben, daß ich ein grundehrlicher Kerl bin!‹ ... Was mich an dieser Geschichte begeistert, ist die Sache mit den Autos. Denn im Grunde geht es nur darum...«

Halb zwölf! Maigret erhob sich.

»Ich muß noch einmal telefonieren.«

Mit sorgenvollem Gesicht verlangte er die Kriminalpolizei und beauftragte einen Inspektor, allen Gendarmerien und Grenzübergängen die Beschreibung von Andersens 5 CV durchzugeben.

Monsieur Oscar hatte vier Aperitifs getrunken, seine Wangen hatten sich noch mehr gerötet, und seine Augen glänzten.

»Ich weiß genau, Sie werden es ablehnen, mit uns ein Kalbsragout zu Mittag zu essen. Vor allem, weil hier in der Küche gegessen wird! Schön! Da kommt Groslumeau mit seinem Lastwagen von den Markthallen zurück... Gestatten Sie, Kommissar?«

Er ging hinaus. Maigret blieb mit der jungen Frau zurück, die mit einem Holzlöffel in einem Topf rührte.

»Ihr Mann ist ein lebenslustiger Mensch.«

»Ja, er ist spaßig.«

»Und gelegentlich auch brutal, habe ich recht?«

»Er mag es nicht, wenn man ihm widerspricht. Aber er ist ein anständiger Kerl.«

»Er treibt sich wohl gern ein bißchen herum?«

Sie antwortete nicht.

»Ich wette, er haut dann und wann ganz schön auf die Pauke!«

»Wie alle Männer.«

Ihre Stimme wurde bitter. Von der Tankstelle her klangen Gesprächsfetzen herein.

»Leg das dort hin!... Gut, ja! Morgen früh werden die Hinterreifen gewechselt.«

Monsieur Oscar kam frohgestimmt zurück. Man spürte, daß er am liebsten gesungen und ein bißchen den Hanswurst gespielt hätte.

»Wollen Sie wirklich nicht mit uns essen, Kommissar? Ich würde einen guten alten Wein aus dem Keller holen. Was ziehst du für ein Gesicht, Germaine? Ach, die Frauen! Müssen am laufenden Band mit immer neuen Launen ankommen!«

»Ich muß nach Avrainville zurück«, sagte Maigret.

»Soll ich Sie im Wagen hinbringen? In einer Minute wäre ich fertig.«

»Danke. Ich gehe lieber zu Fuß.«

Draußen empfing Maigret warmes Sonnenlicht, und auf dem Weg nach Avrainville flog ihm ein gelber Schmetterling voraus.

Hundert Meter vor dem Gasthof traf er auf Inspektor Lucas, der ihm entgegenkam.

»Nun?«

»Wie Sie vermutet haben. Der Arzt hat die Kugel herausgeholt. Es ist eine Gewehrkugel.«

»Sonst nichts?«

»Doch. Einige Meldungen aus Paris: Angekommen ist Isaac Goldberg dort mit seinem Wagen, einem sportlichen Minerva-Modell, das er gewöhnlich für seine Reisen benutzte und das er selbst steuerte. Und in diesem Wagen muß er auch die Strecke von Paris bis zur Kreuzung zurückgelegt haben.«

»Ist das alles?«

»Wir erwarten noch Auskünfte von der belgischen Polizei.«

Das Mietauto, bei dessen Verlassen Madame Goldberg erschossen worden war, war vom Chauffeur nach Paris zurückgefahren worden.

»Die Leiche?«

»Sie ist nach Arpajon gebracht worden. Der Untersuchungsrichter ist besorgt. Er legte mir nahe, Ihnen zu sagen, daß Eile geboten ist. Er befürchtet vor allem, daß die Zeitungen in Brüssel und Antwerpen den Fall allzusehr in die Breite treten.«

Maigret begann vor sich hin zu summen, ging in den Gasthof und setzte sich an seinen Tisch.

»Haben Sie ein Telefon?«

»Ja, aber mittags zwischen zwölf und zwei ist es abgestellt. Wir haben halb eins ...«

Der Kommissar aß schweigend, und Lucas spürte, daß er beunruhigt war. Mehrmals versuchte der Inspektor vergeblich, eine Unterhaltung in Gang zu bringen.

Es war einer der ersten schönen Frühlingstage. Nach dem Essen zog Maigret seinen Stuhl hinaus auf den Hof und stellte ihn vor eine Mauer. Eine halbe Stunde lang schlummerte er dort in der Sonne inmitten von Hühnern und Enten. Punkt zwei Uhr jedoch stand er wieder auf und ging ans Telefon.

»Hallo! Kripo! Ist der 5 CV gefunden worden?«

Er ging wieder auf den Hof hinaus und spazierte im Kreis. Nach zehn Minuten wurde er an den Apparat gerufen. Es war der Quai des Orfèvres.

»Kommissar Maigret? Wir haben soeben einen Anruf aus Jeumont erhalten. Der Wagen ist dort. Er steht verlassen vor dem Bahnhof. Der Fahrer wird es vorgezogen haben, die Grenze zu Fuß oder mit dem Zug zu passieren.«

Maigret hängte kurz ein, verlangte dann die Firma Dumas & Fils und erfuhr dort, daß Carl Andersen noch nicht gekommen war, um seine zweitausend Francs abzuholen.

Als Maigret und Lucas gegen drei Uhr an der Tankstelle vorübergingen, tauchte Monsieur Oscar hinter einem Auto auf und fragte munter:

»Wie geht's, Kommissar?«

Maigret antwortete nur mit einem Handzeichen und setzte seinen Weg zum Haus der Drei Witwen fort.

Türen und Fenster der Michonnet-Villa waren geschlossen, aber wieder einmal regte sich im Eßzimmer ein Vorhang.

Es war, als hätte die gute Laune des Werkstattbesitzers den Kommissar, der wütend an seiner Pfeife sog, noch verdrießlicher gemacht.

»In Anbetracht von Andersens Flucht«, begann Lucas in versöhnlichem Ton.

»Bleib hier!«

Wie am Morgen ging er erst durch den Park des Hauses der Drei Witwen und betrat dann das Haus selbst. Im Salon schnupperte er in die Luft, sah sich rasch um und entdeckte Rauchschwaden in den Zimmerecken.

Frischer Tabakgeruch hing in der Luft.

Er handelte instinktiv, legte seine Hand um den Revolvergriff, ehe er die Treppe hinaufging. Oben vernahm er Grammophonmusik, erkannte den Tango wieder, den er am Morgen hatte spielen lassen.

Die Musik kam aus Elses Zimmer. Als er klopfte, hörte sie abrupt auf.

»Wer ist da?«

»Der Kommissar.«

Ein kurzes Kichern.

»Nun, Sie wissen ja, wie Sie hereinkommen! Ich kann Ihnen nicht aufschließen.«

Wieder benutzte Maigret den Dietrich. Die junge Frau war angezogen. Sie trug dasselbe figurbetonende schwarze Kleid wie am Tag zuvor.

»Haben Sie etwa meinen Bruder daran gehindert, nach Hause zu kommen?«

»Nein. Ich habe ihn nicht wiedergesehen.«

»Dann hatten die bei Dumas & Fils sicherlich sein Honorar noch nicht vorbereitet. Manchmal kommt es vor, daß er nachmittags noch einmal hinfahren muß.«

»Ihr Bruder hat versucht, die belgische Grenze zu überqueren. Ich muß annehmen, daß es ihm geglückt ist.«

Verblüfft und ein wenig ungläubig starrte sie ihn an.

»Carl?«

»Ja.«

»Sie wollen mich auf die Probe stellen, nicht wahr?«

»Können Sie fahren?«

»Was fahren?«

»Einen Wagen.«

»Nein. Mein Bruder hat es mir nie beibringen wollen.«

Maigret hatte die Pfeife nicht aus dem Mund genommen und den Hut aufbehalten.

»Haben Sie dieses Zimmer verlassen?«

Sie lachte. Es war ein offenes, helles Lachen. Und mehr denn je hatte sie das, was die amerikanischen Filmleute Sexappeal nennen.

Denn eine Frau kann schön sein, ohne verführerisch zu wirken. Andere dagegen haben vielleicht weniger ebenmäßige Züge und können dennoch Begierde oder eine sentimentale Sehnsucht wecken.

Else entfachte beides. Sie war Frau und Kind in einem. Sie strahlte Sinnlichkeit aus. Doch wer ihrem Blick begegnete, war von der kindlichen Klarheit ihrer Augen überrascht.

»Ich verstehe nicht, was Sie sagen wollen.«

»Im Salon im Erdgeschoß hat jemand vor weniger als einer halben Stunde geraucht.«

»Wer?«

»Das will ich von Ihnen wissen.«

»Und woher, meinen Sie, soll ich das wissen?«

»Der Plattenspieler stand heute morgen noch unten.«

»Das ist nicht möglich! Wie soll ich … Hören Sie, Kommissar! Ich hoffe, Sie verdächtigen mich nicht! Sie sehen mich so komisch an. Wo ist Carl?«

»Ich wiederhole Ihnen, er hat die Grenze überquert.«

»Das ist nicht wahr! Das ist unmöglich! Warum hätte er das tun sollen? Ganz abgesehen davon, daß er mich nicht allein hier zurücklassen würde! Das ist verrückt! Was sollte aus mir werden, ganz allein?«

Es war verblüffend. Ohne jeden Übergang, ohne große Gesten und ohne Geschrei verwandelte sie sich plötzlich in ein bemitleidenswertes Geschöpf. Es waren ihre Augen, aus denen eine unbeschreibliche Verwirrung sprach, die ihn unverständig und flehend anblickten.

»Sagen Sie mir die Wahrheit, Kommissar! Carl ist unschuldig, nicht wahr? Andernfalls hätte er den Verstand verloren! Und das will ich nicht glauben! Es macht mir angst. In seiner Familie...«

»Gibt es Geisteskranke?«

Sie wandte den Kopf ab.

»Ja. Sein Großvater. Er ist in einem Anfall von Wahnsinn gestorben. Eine seiner Tanten ist in der Irrenanstalt. Aber nicht er! Nein! Ich kenne ihn.«

»Haben Sie etwas zu Mittag gegessen?«

Sie zuckte zusammen, blickte um sich und erwiderte erstaunt:

»Nein.«

»Sind Sie nicht hungrig? Es ist drei Uhr.«

»Doch, ich glaube, ich habe Hunger.«

»Dann essen Sie etwas. Es besteht kein Grund dafür, daß Sie weiter eingeschlossen bleiben. Ihr Bruder wird nicht zurückkehren.«

»Das ist nicht wahr! Er wird zurückkommen! Es kann nicht sein, daß er mich allein läßt!«

»Kommen Sie!«

Maigret stand schon im Flur. Er rauchte immer noch, und seine Stirn lag in Falten. Er ließ das Mädchen nicht aus den Augen.

Sie streifte ihn, als sie an ihm vorbeiging, aber Maigret reagierte nicht darauf. Unten angekommen schien sie noch verwirrter.

»Carl hat mir immer das Essen serviert. Ich weiß nicht einmal, ob etwas da ist.«

Immerhin fand sie eine Büchse Kondensmilch und etwas Knäckebrot in der Küche.

»Ich kann nichts essen. Ich bin zu nervös. Lassen Sie

mich. Oder nein, lassen Sie mich lieber nicht allein. Ich habe dieses schreckliche Haus nie gemocht... Was ist das dort?«

Sie deutete durch die Glastür auf ein zusammengerolltes Häufchen, das auf einem der Parkwege lag. Es war nur eine Katze!

»Mir graut vor Tieren! Mir graut vor dem Lande! Es ist so voller Geräusche, die mich jedesmal aufschrecken. Nachts, jede Nacht, sitzt irgendwo eine Eule, die entsetzliche Schreie ausstößt.«

Auch die Türen schienen ihr Angst einzuflößen, denn sie blickte sie an, als wäre sie darauf gefaßt, überall Feinde auftauchen zu sehen.

»Ich werde nicht allein hier schlafen. Ich will nicht!«

»Haben Sie Telefon?«

»Nein. Mein Bruder hat überlegt, ob wir uns einen Anschluß legen lassen sollten. Aber es ist zu teuer für uns. Können Sie sich das vorstellen? Da bewohnen wir ein so großes Haus mit einem Park von ich weiß nicht wieviel Hektar und können uns weder Telefon leisten noch Strom, noch eine Putzfrau für die gröbsten Arbeiten! Das ist typisch Carl! Wie sein Vater!«

Und plötzlich verfiel sie in ein nervöses Lachen. Es war eine unangenehme Situation, denn es gelang ihr nicht, sich zu beruhigen, und während sich ihr Körper noch unter dem Gelächter schüttelte, wurde ihr Blick zusehends besorgter.

»Was ist los? Was haben Sie Lustiges gesehen?«

»Nichts. Seien Sie mir nicht böse. Ich denke an unsere Kindheit, an Carls Hauslehrer, an unser Schloß dort mit all den Dienstboten, die Empfänge, die Vierspänner... Und nun das hier.«

Sie stieß die Milchbüchse um, preßte ihre Stirn gegen die Scheibe der Glastür und starrte hinaus auf die in der Sonne glühende Terrasse.

»Ich werde dafür sorgen, daß hier heute abend eine Wache aufgestellt wird.«

»Ja, das ist gut!... Nein, ich will keine Wache! Ich möchte, daß Sie selbst kommen, Kommissar! Sonst werde ich mich fürchten.«

Lachte sie? Weinte sie? Sie atmete schwer. Ihr Körper zitterte von Kopf bis Fuß.

Man mochte glauben, sie mache sich über jemand lustig. Aber genausogut konnte sie auch kurz vor einem Nervenzusammenbruch stehen.

»Lassen Sie mich nicht allein.«

»Ich muß meiner Arbeit nachgehen.«

»Aber da Carl doch geflohen ist!«

»Halten Sie ihn für schuldig?«

»Ich weiß nicht! Ich weiß nichts mehr! Wenn er geflohen ist...«

»Möchten Sie, daß ich Sie wieder in Ihr Zimmer einschließe?«

»Nein! Ich will so bald wie möglich, morgen früh, weg aus diesem Haus, weg von dieser Kreuzung. Ich möchte nach Paris, wo die Straßen voller Menschen sind, wo sich das Leben regt. Das Land macht mir angst... Ich weiß nicht...«

Und plötzlich:

»Werden sie Carl in Belgien festnehmen?«

»Es wird ein Auslieferungsantrag gegen ihn gestellt werden.«

»Das ist unglaublich! Wenn ich denke, daß noch vor drei Tagen…«

Sie nahm ihren Kopf zwischen beide Hände und wühlte in ihrem blonden Haar.

Maigret stand auf der Terrasse.

»Bis später, Mademoiselle.«

Als er ging, spürte er Erleichterung, und dennoch verließ er sie nur ungern. Lucas ging auf der Straße auf und ab.

»Was Neues?«

»Nichts. Der Versicherungsagent hat mich gefragt, ob er bald einen Wagen bekommen wird.«

Monsieur Michonnet hatte es vorgezogen, sich an Lucas und nicht an Maigret zu wenden. Er stand in seinem Gärtchen und beobachtete verstohlen die beiden Männer.

»Er hat also nichts zu tun?«

»Er behauptet, ohne Auto könne er seine Kunden auf dem Lande nicht besuchen. Er will Schadenersatz von uns fordern.«

An der Tankstelle standen ein vollbesetzter Personenwagen und ein Lieferauto.

»Einer, der sich kein Bein ausreißt«, stellte der Inspektor fest, »ist der Werkstattbesitzer. Der verdient anscheinend mehr als genug. Da geht's Tag und Nacht rund.«

»Hast du etwas Tabak?«

Diese zu frühe Hitze, die sich über das Land breitete, war unerwartet und ermüdend, und Maigret murmelte, während er sich über die Stirn strich:

»Ich werde eine Stunde schlafen. Heute abend sehen wir weiter.«

Als er an der Tankstelle vorüberkam, rief ihm Monsieur Oscar zu:

»Einen kleinen Rachenputzer, Kommissar? Nur einen kurzen, für den Heimweg!«

»Später!«

Laute Stimmen in dem Haus aus Mühlkalkstein ließen vermuten, daß Monsieur Michonnet sich mit seiner Frau stritt.

6

Die Nacht der Abwesenden

Es war fünf Uhr nachmittags, als Maigret von Lucas geweckt wurde, der ihm ein Telegramm von der belgischen Polizei brachte.

Isaac Goldberg war seit mehreren Monaten unter Beobachtung, weil seine Lebensweise in keinem Verhältnis zu seinem Einkommen stand. Wurde verdächtigt, vorwiegend mit gestohlenem Schmuck zu handeln. Keine Beweise. Reise nach Frankreich paßt zeitlich zu dem vor vierzehn Tagen in London begangenen Diebstahl von Schmuck im Wert von zwei Millionen. Aus anonymem Brief geht hervor, daß sich die Schmuckstücke in Antwerpen befanden. Dort wurden zwei international einschlägige Diebe beim Ausgeben großer Summen beobachtet. Vermutlich hat Goldberg Schmuck aufgekauft und ihn in Frankreich absetzen wollen. Erbitten Sie Beschreibung der Juwelen von Scotland Yard.

Maigret, der noch recht verschlafen war, stopfte das Papier in seine Tasche und fragte:

»Sonst nichts?«

»Nein. Ich habe die ganze Zeit die Kreuzung überwacht. Der Werkstattbesitzer hat sich in elegante Kleidung geworfen, und ich habe ihn gefragt, wohin er gehe. Anscheinend fährt er gewöhnlich einmal in der Woche mit seiner Frau zum Abendessen nach Paris und geht anschließend ins Theater. Sie übernachten dann im Hotel und kehren erst am nächsten Tag zurück.«

»Ist er schon weg?«

»Inzwischen wird er wohl abgefahren sein, ja.«

»Hast du ihn gefragt, in welchem Restaurant er zu Abend ißt?«

»Im Escargot, Rue de la Bastille. Danach geht er ins Ambigu. Er übernachtet im Hotel Rambuteau, Rue de Rivoli.«

»Sehr präzise«, murmelte Maigret, während er sich mit dem Kamm durchs Haar fuhr.

»Der Versicherungsagent ließ mir durch seine Frau ausrichten, daß er Sie sprechen oder vielmehr, um mit ihren Worten zu reden, sich mit Ihnen unterhalten möchte.«

»Ist das alles?«

Maigret ging in die Küche, wo die Wirtsfrau das Abendessen vorbereitete. Er entdeckte eine große Schüssel mit Pastete, schnitt sich eine dicke Scheibe Brot herunter und sagte:

»Einen Schoppen Weißen, bitte!«

»Bleiben Sie nicht zum Abendessen?«

Er gab ihr keine Antwort und verschlang sein riesiges Sandwich.

Der Inspektor schaute ihm zu. Er hatte offensichtlich das dringende Bedürfnis, etwas zu sagen.

»Sie rechnen mit einem wichtigen Ereignis heute nacht, nicht wahr?«

»Hm!«

Aber warum es abstreiten? Deutete diese Mahlzeit im Stehen nicht bereits auf Alarmbereitschaft?

»Ich habe vorhin nachgedacht. Ich habe versucht, Ordnung in meine Gedanken zu bringen. Es ist nicht einfach...«

Maigret blickte ihn ruhig an, während er weiterkaute.

»Am meisten verwirrt mich immer noch dieses Mädchen. Manchmal denke ich, daß alle in ihrer Umgebung, der Werkstattbesitzer, der Versicherungsagent und der Däne schuldig sind, nur sie nicht. Dann wieder bin ich bereit, das Gegenteil zu beschwören und anzunehmen, daß sie hier das einzige böse Element ist!«

Heiterkeit lag in den Augen des Kommissars, der zu sagen schien: Nur weiter so!

»In manchen Augenblicken wirkt sie wahrhaftig wie eine junge Adelige. Aber es gibt auch Momente, da erinnert sie mich an meine Zeit bei der Sittenpolizei. Sie wissen, was ich meine. Diese Mädchen, die einem mit unglaublicher Kaltblütigkeit die ungeheuerlichsten Geschichten erzählen, deren Einzelheiten so erschütternd sind, daß man von ihrer Wahrheit überzeugt ist. Man glaubt ihnen also. Später findet man unter ihrem Kopfkissen einen alten Roman, und man entdeckt, daß alle Einzelheiten ihrer Geschichte aus ihm stammen. Frauen, die so selbstverständlich lügen, wie sie atmen, die schließlich vielleicht selbst an ihre Lügen glauben!«

»Ist das alles?«

»Glauben Sie, ich täusche mich?«

»Ich glaube überhaupt nichts!«

»Wissen Sie, eine feste Meinung habe ich eigentlich

nicht, und die allermeisten Gedanken macht mir immer noch Andersen. Stellen Sie sich einen Mann wie ihn, kultiviert, vornehm, intelligent, als den Kopf einer Bande vor!«

»Wir werden ihn heute abend sehen.«

»Ihn? Aber er ist doch über der Grenze!«

»Hm.«

»Sie glauben, daß...«

»Daß die Geschichte gut zehnmal komplizierter ist, als du sie dir denkst. Und wenn man sich nicht zu sehr verzetteln will, ist es besser, nur einige wichtige Elemente im Auge zu behalten.

Nimm zum Beispiel Monsieur Michonnet, der als erster Anzeige erstattet hat und der mich heute abend zu sich kommen läßt. Ausgerechnet heute abend, wo der Werkstattbesitzer in Paris ist! Sehr auffällig!

Goldbergs Minerva ist verschwunden, denk auch daran! Und da es in Frankreich nicht viele solche Sportwagen gibt, ist es gar nicht so einfach, ihn spurlos verschwinden zu lassen.«

»Glauben Sie, Monsieur Oscar...?«

»Langsam! Laß es mit diesen drei Punkten gut sein und denk über sie nach, wenn du Lust hast.«

»Aber Else?«

»Schon wieder?«

Und Maigret wischte sich den Mund ab und ging hinaus auf die Hauptstraße. Eine Viertelstunde später klingelte er an der Tür der Michonnet-Villa, und es war die Frau, die ihn mit unfreundlichem Gesicht in Empfang nahm.

»Mein Mann erwartet Sie oben.«

»Er ist zu liebenswürdig.«

Sie wurde der Ironie seiner Worte nicht gewahr und stieg vor ihm die Treppe hinauf. Monsieur Michonnet war in seinem Schlafzimmer. Er saß neben dem Fenster, dessen Gardinen vorgezogen waren, in einem Voltaire-Sessel und hatte eine Decke um die Beine geschlagen. In aggressivem Ton fragte er:

»Nun, wann wird man mir einen Wagen zur Verfügung stellen? Halten Sie es vielleicht für richtig, einen Menschen an seinem Broterwerb zu hindern? Die ganze Zeit machen Sie dieser Kreatur von gegenüber den Hof oder trinken Aperitifs mit dem Werkstattbesitzer! Reizend, die Polizei! Ich sage Ihnen, was ich denke, Kommissar. Ja, reizend ist sie! Der Mörder ist unwichtig! Hauptsache, man vergällt den anständigen Leuten das Leben! Ich habe einen Wagen. Er gehört mir, ja oder nein? Ich frage Sie! Antworten Sie! Gehört er mir?... Gut. Mit welchem Recht enthalten Sie ihn mir vor?«

»Sind Sie krank?« fragte Maigret ruhig mit einem Blick auf die Decke, die um die Beine des Versicherungsagenten gewickelt war.

»Es ist ja auch zum Krankwerden! Ich rege mich auf, und das schlägt bei mir auf die Beine. Ein Gichtanfall. Jetzt kann ich zwei oder drei Nächte ohne Schlaf in diesem Sessel zubringen. Wenn ich Sie habe kommen lassen, dann um Ihnen folgendes zu sagen: Sie sehen, in welchem Zustand ich bin! Sie sehen, daß ich arbeitsunfähig bin, vor allem ohne Wagen! Das genügt! Ich werde Sie als Zeugen nennen, wenn ich wegen der Schadenersatzforderung vor Gericht gehe. Leben Sie wohl, Monsieur!«

Dieser ganze Vortrag klang wie aus dem Munde eines

trotzigen Pennälers, der sich im Recht glaubt. Madame Michonnet fügte noch hinzu:

»Während Sie hinter uns herschnüffeln, läuft der Mörder immer noch frei herum So ist die Justiz! Immer auf die Kleinen, aber Hut ab vor den Großen!«

»Ist das alles, was Sie mir zu sagen haben?«

Monsieur Michonnet grub sich mit eisigem Blick noch tiefer in seinen Sessel. Seine Frau ging zur Tür.

Das Innere des Hauses paßte zu seinem Äußeren: saubere, schönpolierte Fabrikmöbel, die dastanden, als würden sie nie benutzt.

Im Flur blieb Maigret vor dem Telefonapparat stehen. Es war ein altmodisches Modell und hing an der Wand. In Gegenwart der empörten Madame Michonnet drehte er die Kurbel.

»Hier ist die Kriminalpolizei, Mademoiselle. Können Sie mir bitte sagen, ob Sie heute nachmittag Anrufe für die Kreuzung der Drei Witwen erhalten haben? Zwei Nummern, sagen Sie, haben Sie angewählt? Die Tankstelle und das Haus der Michonnets? Gut! Ja? Die Tankstelle wurde einmal gegen ein Uhr und dann noch einmal gegen fünf angerufen? Und die andere Nummer? Nur ein Gespräch? Aus Paris. Siebzehn Uhr fünf?... Ich danke Ihnen.«

Seine Augen funkelten listig, als er sich vor Madame Michonnet verneigte.

»Ich wünsche Ihnen eine angenehme Nacht, Madame.«

In bereits gewohnter Manier öffnete er das Tor zum Haus der Drei Witwen, ging um das Gebäude herum und stieg in den ersten Stock hinauf.

Else Andersen kam ihm sehr erregt entgegen.

»Bitte verzeihen Sie, daß ich Sie beunruhigt habe, Kommissar! Sie werden glauben, ich übertreibe... Aber ich bin sehr nervös. Ich habe Angst, ich weiß nicht, warum... Seit unserer letzten Unterhaltung habe ich das Gefühl, nur Sie allein können mich vor einem Unglück bewahren. Sie kennen diese düstere Kreuzung jetzt ebensogut wie ich, diese drei Häuser, die sich gegenseitig herauszufordern scheinen. Glauben Sie an Vorahnungen? Ich glaube daran, wie alle Frauen. Ich fühle, daß diese Nacht nicht ohne Drama vorübergehen wird.«

»Und Sie wollen mich neuerlich darum bitten, bei Ihnen Wache zu halten?«

»Ich übertreibe, nicht wahr?... Kann ich etwas dafür, wenn ich Angst habe?«

Maigrets Blick war auf einem schiefhängenden Bild mit einer Schneelandschaft haftengeblieben, aber schon einen Augenblick später wandte er sich der jungen Frau zu, die auf seine Antwort wartete.

»Fürchten Sie nicht um Ihren Ruf?«

»Kommt es darauf an, wenn man Angst hat?«

»Wenn es so ist... ich bin in einer Stunde wieder da. Ich habe noch einige Anweisungen zu geben.«

»Wirklich wahr? Sie werden wiederkommen? Versprochen? Übrigens muß ich Ihnen noch eine Menge erzählen, Dinge, die mir nach und nach noch eingefallen sind.«

»Bezüglich?«

»Bezüglich meines Bruders. Aber wahrscheinlich nichts von Belang. Sehen Sie, ich erinnere mich zum Beispiel daran, daß der Arzt, der ihn nach seinem Flugzeugabsturz behandelte, zu meinem Vater sagte, er könne sich zwar für die physische Genesung des Verwundeten verbürgen, nicht aber für die geistige. Ich hatte über diese Worte nie nachgedacht. Es gibt noch mehr Einzelheiten, sein Wunsch, fern von der Stadt zu wohnen, ein Leben im verborgenen zu führen... Ich werde Ihnen das alles sagen, wenn Sie zurückkommen.«

Sie lächelte ihn dankbar und immer noch ein wenig ängstlich an.

Als Maigret an dem Haus aus Mühlkalkstein vorbeikam, sah er unwillkürlich zum Fenster im ersten Stock hinauf, das hellgelb aus der Dämmerung stach. Hinter der erleuchteten Gardine zeichnete sich die Gestalt des in seinem Sessel sitzenden Monsieur Michonnet ab.

Im Gasthof begnügte sich der Kommissar mit einigen Befehlen an Lucas, die er nicht näher erläuterte.

»Laß ein halbes Dutzend Inspektoren kommen und postiere sie rund um die Kreuzung. Vergewissere dich stündlich durch Anrufe im Escargot und im Theater und im Hotel, daß Monsieur Oscar sich noch in Paris aufhält. Laß jeden verfolgen, der aus einem der drei Häuser kommt.«

»Wo werden Sie sein?«

»Bei den Andersens.«

»Sie glauben, daß ...?«

»Gar nichts, mein Lieber! Bis später oder bis morgen früh!«

Es war Nacht geworden. Auf seinem Weg zur Hauptstraße prüfte der Kommissar, ob sein Revolver geladen war, und er vergewisserte sich auch, daß er genügend Tabak in seinem Beutel hatte.

Bei den Michonnets sah man hinter dem Fenster immer noch den Schatten des Sessels und das schnauzbärtige Profil des Versicherungsagenten.

Else Andersen hatte ihr schwarzes Samtkleid gegen ihren Morgenrock getauscht und lag auf dem Diwan, als Maigret eintraf. Sie rauchte eine Zigarette und war ruhiger als bei ihrer letzten Begegnung, aber sie machte ein nachdenkliches Gesicht.

»Wenn Sie wüßten, wie gut es mir tut, Sie hier zu wissen, Kommissar! Es gibt Menschen, die einem vom ersten Augenblick an Vertrauen einflößen. Aber sie sind selten. Ich jedenfalls habe wenige Leute getroffen, die mir auf Anhieb sympathisch waren... Sie können gern rauchen.«

»Haben Sie zu Abend gegessen?«

»Ich habe keinen Hunger. Ich weiß gar nicht mehr, wie ich lebe. Seit vier Tagen, genau gesagt, seit jener entsetzlichen Entdeckung der Leiche im Auto denke ich nur noch nach... Ich versuche, mir ein Bild zu machen, zu verstehen...«

»Und Sie kommen zu dem Schluß, daß Ihr Bruder der Schuldige ist?«

»Nein. Ich will Carl nicht beschuldigen. Um so weniger als er, wenn er im strikten Wortsinn schuldig wäre, die Tat nur in einem Anfall von Wahnsinn begangen haben könnte... Sie haben sich den unbequemsten Sessel ausgesucht... Sollten Sie sich hinlegen wollen, im Nachbarzimmer steht ein Feldbett.«

Sie wirkte ruhig und erregt zugleich. Es war eine äußerliche Ruhe, zu der sie sich mit Mühe zwang, und eine

Erregung, die gleichwohl in bestimmten Augenblicken durchbrach.

»In diesem Haus hat sich schon einmal eine Tragödie abgespielt, nicht wahr? Carl hat mir flüchtig davon erzählt. Er hat befürchtet, mich damit zu erschrecken. Er behandelt mich immer noch wie ein kleines Mädchen.«

Sie beugte sich vor, um die Asche ihrer Zigarette über der Porzellanschale auf dem kleinen Tischchen abzuklopfen. Ihr ganzer Körper war dabei in einer geschmeidigen Bewegung begriffen, und wie am Vormittag klaffte auch jetzt wieder ihr Morgenrock auf. Für einen Augenblick wurde eine kleine, runde Brust sichtbar. Es dauerte nur eine Sekunde, und dennoch hatte Maigret Zeit gehabt, eine Narbe zu entdecken, deren Anblick ihn die Brauen zusammenziehen ließ.

»Sind Sie einmal verwundet worden?«

»Was meinen Sie?«

Sie war rot geworden. Instinktiv raffte sie den Morgenmantel über der Brust zusammen.

»Sie haben eine Narbe an der rechten Brust.«

Sie war äußerst verwirrt.

»Entschuldigen Sie«, sagte sie. »Ich habe die Angewohnheit, mich hier nur selten richtig anzuziehen. Ich glaubte nicht… Was diese Narbe betrifft… Sehen Sie, wieder ein Detail, an das ich mich plötzlich erinnere. Aber das ist bestimmt bloß eine zufällige Übereinstimmung. Als wir noch Kinder waren, Carl und ich, spielten wir oft im Schloßpark, und ich erinnere mich, daß Carl einmal zum Nikolaustag ein Gewehr geschenkt bekam. Er muß damals vierzehn Jahre alt gewesen sein. Es ist lächerlich, Sie werden sehen. Anfangs schoß er auf eine Zielscheibe. Eines Abends besuchten wir einen Zirkus, und am nächsten Tag wollte er unbedingt Wilhelm Tell spielen. Ich hielt in jeder Hand ein Stück Pappe... Die erste Kugel traf mich in die Brust...«

Maigret war aufgestanden und trat auf den Diwan zu. Er machte ein so undurchdringliches Gesicht, daß es sie beunruhigte und sie ihren Morgenrock mit beiden Händen an sich preßte.

Aber sein Blick war nicht auf sie gerichtet. Er starrte auf die Wand über dem Diwan, auf die Stelle, wo das Bild mit der Schneelandschaft war. Es hing jetzt absolut gerade.

Langsam streckte er die Hand aus und schob den Rahmen beiseite, und so entdeckte er die Aushöhlung in der Mauer, die weder groß noch tief und lediglich durch das Fehlen zweier Ziegelsteine entstanden war.

In dieser Vertiefung befanden sich ein mit sechs Kugeln geladener automatischer Revolver, eine Büchse mit Patronen, ein Schlüssel und ein Fläschchen Veronaltabletten.

Else war ihm mit den Augen gefolgt, aber sie blieb ganz kühl. Eine kleine Spur von Röte lag auf ihren Wangen, ihre Augen glänzten etwas mehr.

»Ich hätte Ihnen dieses Versteck bestimmt noch gezeigt, Kommissar.«

»Wirklich?«

Und damit steckte er den Revolver in seine Tasche, stellte fest, daß das Veronalfläschchen halb leer war, ging zur Tür und probierte den Schlüssel im Schloß, der einwandfrei paßte.

Die junge Frau hatte sich erhoben. Sie achtete nicht mehr

darauf, ihre Brust zu verhüllen. Sie gestikulierte nervös, während sie sagte:

»Was Sie da gerade entdeckt haben, ist die Bestätigung dessen, was ich Ihnen bereits gesagt habe. Das müssen Sie doch verstehen. Konnte ich meinen Bruder beschuldigen? Wenn ich Ihnen gleich bei Ihrem ersten Besuch gestanden hätte, daß ich ihn seit langem für verrückt halte, hätten Sie mein Verhalten als skandalös empfunden... Und doch ist das die Wahrheit.«

Ihr Akzent war viel stärker, wenn sie aufgeregt war, und er verlieh jedem ihrer Worte einen fremden Klang.

»Dieser Revolver?«

»Wie soll ich es Ihnen erklären? Als wir Dänemark verließen, waren wir ruiniert. Aber mein Bruder war überzeugt, daß er mit seiner Bildung in Paris eine wunderbare Arbeit finden würde. Es ist ihm nicht geglückt. Seine Verfassung ist darüber nur noch besorgniserregender geworden. Als er uns hier vergraben wollte, begriff ich, daß er ernstlich erkrankt war. Vor allem, als er darauf bestand, mich jede Nacht in mein Zimmer einzuschließen, weil irgendwelche Feinde uns bedrohen könnten! Stellen Sie sich meine Lage vor, eingesperrt in diesen vier Wänden, ohne die Möglichkeit, zum Beispiel bei einem Brand oder jeder sonstigen Katastrophe hinausgelangen zu können! Ich konnte nicht mehr schlafen. Ich fürchtete mich, als säße ich in einem Verlies.

Als er einmal in Paris war, ließ ich einen Schlosser kommen, der mir einen Zimmerschlüssel anfertigte. Ich mußte dazu, weil ich ja eingeschlossen war, durch das Fenster klettern.

Damit war wenigstens meine Bewegungsfreiheit sichergestellt. Aber das reichte nicht. Carl schwebte an manchen Tagen im Halbwahn, oft redete er davon, uns beide lieber umbringen zu wollen, als den vollkommenen Zusammenbruch erleben zu müssen.

Ich kaufte einen Revolver in Arpajon, als mein Bruder wieder einmal nach Paris gefahren war, und weil ich schlecht schlafe, habe ich mir das Veronal besorgt.

Sie sehen, wie einfach alles ist! Er ist mißtrauisch. Es gibt nichts Mißtrauischeres als einen geistesgestörten Menschen, dessen Verstand jedoch gerade noch klar genug ist, um sich dessen bewußt zu sein. Nachts habe ich mir dieses Versteck gebaut...«

»Ist das alles?«

Die Brutalität dieser Frage überraschte sie.

»Sie glauben mir nicht?«

Er antwortete nicht und ging zum Fenster, öffnete es und schlug die Fensterläden auf. Frische Nachtluft umfing ihn.

Die Straße unter ihm war wie ein dunkler Strom, in dem es jedesmal aufblitzte, wenn ein Wagen vorüberfuhr. Man sah die Scheinwerfer schon, wenn sie noch etwa zehn Kilometer entfernt waren. Dann kam plötzlich etwas wie ein Wirbelsturm heran, ein Luftzug entstand, ein Brummen, und die kleinen roten Rücklichter verschwanden im Dunkel.

Die Tankstelle war erleuchtet. In der Michonnet-Villa brannte nur ein Licht im ersten Stock, und immer noch sah man, wie bei einem chinesischen Schattenspiel, den Sessel und den Versicherungsagenten hinter der hellen Gardine.

»Schließen Sie das Fenster, Kommissar!«

Er wandte sich um und sah, daß Else fröstelte und ihren Morgenrock eng an sich preßte.

»Verstehen Sie jetzt, daß ich beunruhigt bin? Sie haben mich dazu gebracht, Ihnen alles zu sagen. Und dennoch würde ich um nichts in der Welt wollen, daß Carl ein Unglück zustößt! Wie oft hat er mir gesagt, wir würden gemeinsam sterben.«

»Seien Sie bitte still!«

Er lauschte auf die nächtlichen Geräusche. Er hatte seinen Sessel vor das Fenster gerückt und stützte seine Beine auf das Fensterbrett.

»Aber ich sage Ihnen doch, ich friere!«

»Decken Sie sich zu!«

»Glauben Sie mir nicht?«

»Halten Sie den Mund, verflucht!«

Er begann zu rauchen. In der Ferne vernahm man undeutliche Geräusche von einem Gehöft; das Muhen einer Kuh und andere verworrene Laute. Aus der Reparaturwerkstatt hingegen hörte man metallenes Hämmern und plötzlich den Elektromotor, der zum Aufpumpen der Reifen diente.

»Und ich habe Ihnen vertraut! Das habe ich nun davon!«

»Werden Sie jetzt endlich still sein, ja oder nein?«

Hinter einem Baum an der Straße in der Nähe des Hauses hatte er einen Schatten erspäht. Es mußte sich um einen der Inspektoren handeln, die er herbestellt hatte.

»Ich habe Hunger.«

Wütend drehte er sich um und sah der jungen Frau ins Gesicht, die ganz erbärmlich dreinschaute.

»Holen Sie sich etwas zu essen.«

»Ich traue mich nicht hinunter. Ich habe Angst.«

Er zuckte die Schultern und überzeugte sich, daß draußen alles ruhig war. Einem plötzlichen Entschluß folgend begab er sich ins Erdgeschoß. Er wußte, wo die Küche war. Neben dem Spirituskocher lag ein Rest kaltes Fleisch und Brot, und eine angebrochene Flasche Bier stand auch da.

Er brachte alles hinauf und stellte das Essen auf das kleine Tischchen neben den Aschenbecher.

»Sie sind nicht nett zu mir, Kommissar…«

Sie wirkte wirklich wie ein kleines Mädchen, und man spürte, daß sie den Tränen nahe war.

»Ich kann es mir nicht erlauben, grob oder nett zu sein… Essen Sie!«

»Haben Sie keinen Hunger? Sind Sie mir böse, weil ich Ihnen die Wahrheit gesagt habe?«

Aber er wandte ihr schon wieder den Rücken zu und blickte aus dem Fenster. Er sah Madame Michonnet hinter der Gardine, wie sie sich über ihren Mann beugte und ihm eine Arznei zu verabreichen schien, denn sie hielt ihm einen Löffel vor den Mund.

Else hatte mit den Fingerspitzen ein Stück von dem kalten Kalbfleisch ergriffen und kaute lustlos darauf herum. Dann goß sie sich ein Glas Bier ein.

»Es ist schlecht!« erklärte sie und schüttelte sich vor Ekel. »Aber warum schließen Sie dieses Fenster nicht? Ich habe Angst! Haben Sie überhaupt kein Mitleid?«

Unwirsch schlug er das Fenster zu und musterte Else mit grimmiger Miene von Kopf bis Fuß.

Und plötzlich fiel ihm auf, daß sie erblaßte, daß sich ihre blauen Augen trübten und ihre Hand sich haltsuchend ausstreckte. Er gelangte gerade noch rechtzeitig zu ihr, um ihr seinen Arm um die Taille zu legen, ehe sie zusammenbrach.

Er ließ sie sanft auf den Fußboden gleiten. Er hob ihre Lider an, um ihre Augen zu untersuchen, langte mit einer Hand nach dem leeren Bierglas und schnupperte daran. Ein bitterer Geruch stieg ihm in die Nase.

Auf dem Tischchen lag ein Kaffeelöffel. Er nahm ihn und preßte ihn Else zwischen die Zähne. Dann schob er ihr ohne zu zögern den Stiel tief in den Rachen und reizte damit ihre Gurgel.

Ihr Gesicht verzerrte sich. Ihre Brust bäumte sich in Krämpfen auf.

Else lag ausgestreckt auf dem Teppich. Ihre Augen tränten. Als ihr Kopf zur Seite fiel, rülpste sie laut.

Ihr Magen entleerte sich dank der Krämpfe, die der Löffel ausgelöst hatte. Etwas gelbe Flüssigkeit befleckte den Boden, und ein paar Tropfen fielen auf den Morgenrock.

Maigret nahm den Krug vom Waschtisch und goß ihr Wasser übers Gesicht.

Dabei blickte er immer wieder ungeduldig zum Fenster hin.

Es dauerte lange, bis sie wieder zu sich kam. Dann stöhnte sie schwach und hob schließlich den Kopf.

»Was ist denn...«

Verwirrt und noch taumelnd richtete sie sich auf, sah den beschmutzten Teppich, den Löffel, das Bierglas. Und begann zu schluchzen, den Kopf in die Hände gestützt.

»Sie sehen, ich hatte Grund, Angst zu haben! Man hat versucht, mich zu vergiften! Und Sie wollten mir nicht glauben!... Sie...«

Sie zuckte im gleichen Moment wie Maigret zusammen. Einen langen Augenblick rührten sie sich beide nicht und spitzten die Ohren.

Unweit des Hauses, wahrscheinlich im Garten, war ein Schuß gefallen, und diesem war ein heiserer Schrei gefolgt.

Und auf der Straßenseite ertönte ein schriller langer Pfiff. Leute rannten umher. Jemand rüttelte am Tor. Maigret sah durch das Fenster die Taschenlampen seiner Inspektoren aufblinken, mit denen sie das Dunkel absuchten. Kaum hundert Meter weiter das Fenster der Michonnets und Madame Michonnet, die das Kopfkissen ihres Mannes aufschüttelte.

Der Kommissar öffnete die Tür. Im Erdgeschoß hörte er Lärm. Lucas rief zu ihm herauf:

»Chef!«

»Was ist?«

»Carl Andersen... Er ist nicht tot! Wollen Sie kommen?«

Maigret wandte sich nach Else um, die auf der Kante des Diwans saß. Sie hatte die Ellbogen auf die Knie gestemmt und das Kinn in beide Hände gestützt und blickte starr und mit zusammengepreßten Zähnen vor sich hin, während ihr Körper von einem krampfartigen Zittern geschüttelt wurde.

7

Die zwei Wunden

Carl Andersen wurde in sein Zimmer gebracht. Ein Inspektor folgte mit der Lampe aus dem Erdgeschoß. Der Verwundete röchelte nicht, bewegte sich nicht. Aber als er auf seinem Bett lag und Maigret sich über ihn beugte, bemerkte er, daß er die Lider halb geschlossen hatte.

Andersen erkannte ihn, schien sich etwas zu beruhigen, murmelte, während er seine Hand nach der des Kommissars ausstreckte.

»Else?«

Else stand angstvoll abwartend auf der Schwelle seines Zimmers, ihre Augen waren umschattet.

Es war ziemlich schauerlich. Carl hatte sein schwarzes Monokel verloren, und während das halbgeöffnete gesunde Auge erregt zuckte, behielt das Glasauge seine künstliche Starre.

Das Petroleumlicht machte alles noch unheimlicher. Auf den Kieswegen knirschten Fußtritte von Polizisten, die den Park durchsuchten.

Else, völlig bewegungsunfähig, wagte sich ihrem Bruder fast nicht zu nähern, als Maigret sie dazu aufforderte.

»Ich glaube, es hat ihn böse erwischt«, sagte Lucas halblaut.

Sie mußte es gehört haben. Sie blickte ihn an, zögerte,

noch weiter auf Carl zuzugehen, der sie mit den Augen verschlang und sich in seinem Bett aufzurichten versuchte.

Da brach sie in Schluchzen aus, rannte aus dem Zimmer und lief in ihr eigenes zurück, wo sie sich bebend auf den Diwan warf.

Maigret gab dem Inspektor ein Zeichen, sie zu bewachen, und kümmerte sich dann um den Verwundeten. Mit den Handgriffen eines Mannes, dem solche Vorfälle vertraut sind, zog er ihm Jackett und Weste aus.

»Machen Sie sich keine Sorgen, der Arzt wird bald dasein. Else ist in ihrem Zimmer.«

Andersen schwieg, lag da wie niedergeschmettert von einer mysteriösen Furcht. Sein Blick wanderte umher, als wollte er einem Rätsel auf die Spur kommen, ein bedeutendes Geheimnis lüften.

»Ich werde Sie später vernehmen. Aber…«

Der Kommissar hatte sich über den entblößten Oberkörper des Dänen gebeugt. Er runzelte die Stirn.

»Sie haben zwei Kugeln abbekommen. Diese Wunde im Rücken ist aber nicht mehr frisch.«

Sie sah entsetzlich aus! Zehn Quadratzentimeter Haut waren zerfetzt. Das Fleisch war buchstäblich in Stücke gerissen, verbrannt, geschwollen und blutverkrustet. Diese Wunde blutete nicht mehr, was bewies, daß sie schon mehrere Stunden alt war.

Dagegen hatte eine andere Kugel erst vor kurzer Zeit das linke Schulterblatt zerschmettert, und als Maigret die Wunde auswusch, fiel das plattgedrückte Geschoß heraus. Er hob es auf.

Es war keine Revolver-, sondern eine Gewehrkugel, eine

von der Art, mit der auch Madame Goldberg getötet worden war.

»Wo ist Else«, stammelte der Verletzte, dem es gelang, seinen Schmerz zu unterdrücken.

»In ihrem Zimmer. Bewegen Sie sich nicht. Haben Sie den Täter vorhin gesehen?«

»Nein.«

»Und den anderen? Wo ist das passiert?«

Andersen hob die Stirn, öffnete den Mund, um etwas zu sagen, doch dann schwieg er erschöpft und gab mit einer kaum angedeuteten Bewegung seines linken Armes zu verstehen, daß er nicht mehr zu sprechen in der Lage war.

»Ihre Meinung, Doktor?«

Der Aufenthalt in diesem Halbdunkel ging einem auf die Nerven. Es gab im ganzen Haus nur zwei Petroleumlampen; eine stand jetzt im Zimmer des Verwundeten, die andere in Elses Zimmer.

Unten hatte man eine Kerze angezündet, die kaum ein Viertel des Salons ausleuchtete.

»Wenn es keine unvorhersehbaren Komplikationen gibt, wird er darüber hinwegkommen. Die schwerere Verletzung ist die erste. Sie muß ihm am frühen Nachmittag oder späten Vormittag beigebracht worden sein. Die Kugel stammt aus einem Browning und traf ihn aus nächster Nähe in den Rücken. Aus allernächster Nähe! Womöglich hat man ihm den Lauf der Waffe sogar direkt in den Rücken gedrückt. Das Opfer machte eine falsche Bewegung … Der Schuß nahm eine andere Richtung und traf praktisch nur die Rippen. Die Quetschungen an Schultern und Armen sowie Schrammen an Händen und Knien hat er sich wohl zum selben Zeitpunkt zugezogen.«

»Und die andere Kugel?«

»Das Schulterblatt ist zerschmettert. Gleich morgen muß ein Eingriff durch einen Chirurgen vorgenommen werden. Ich kann Ihnen die Adresse einer Pariser Klinik geben. Es gibt zwar auch eine hier in der Nähe, aber wenn der Verletzte das nötige Geld hat, empfehle ich Paris ...«

»Konnte er nach der ersten Verletzung noch Auto fahren?«

»Wahrscheinlich ja. Es waren keine lebenswichtigen Organe verletzt, und es ist wohl nur eine Frage des Willens, der Energie. Ich fürchte freilich, daß er eine steife Schulter zurückbehalten wird.«

Die Polizisten hatten im Park nichts gefunden, aber sie hatten sich so postiert, daß sie gleich im Morgengrauen eine gründliche Suchaktion starten konnten.

Bald darauf ging Maigret wieder zu Andersen, der ihn erleichtert ins Zimmer treten sah.

»Else?«

»In ihrem Zimmer, wie ich Ihnen schon zweimal sagte.«

»Warum?«

Und wieder diese krankhafte Unruhe, die jeder Blick, jeder Gesichtszug des Dänen verriet.

»Sie kennen niemanden, der Ihnen feindlich gesinnt ist?«

»Nein.«

»Regen Sie sich nicht auf. Erzählen Sie mir nur, wie Sie zu der ersten Kugel gekommen sind. Sprechen Sie langsam. Schonen Sie sich.«

»Ich war auf dem Weg zu Dumas & Fils …«

»Sie sind nicht dort gewesen.«

»Ich wollte. An der Porte d'Orléans winkte mir ein Mann anzuhalten.«

Er verlangte zu trinken, leerte ein großes Glas Wasser und fuhr, zur Decke blickend, fort:

»Er sagte, er sei von der Polizei, und zeigte mir sogar einen Ausweis, den ich mir aber nicht genau angesehen habe. Er befahl mir, durch Paris zur Straße nach Compiègne zu fahren, und behauptete, ich sollte einem Zeugen gegenübergestellt werden. Dann hat er sich neben mich ins Auto gesetzt.«

»Wie sah er aus?«

»Groß. Er trug einen weichen grauen Hut. Kurz vor Compiègne führt die Hauptstraße durch einen Wald. In einer Kurve spürte ich plötzlich einen Schlag in den Rücken. Eine Hand ergriff das Steuer, hinter dem ich saß, und ich wurde aus dem Wagen gestoßen. Ich verlor das Bewußtsein. Im Straßengraben kam ich wieder zu mir. Der Wagen war weg.«

»Wie spät war es?«

»Vielleicht elf Uhr vormittags. Ich weiß es nicht. Die Uhr im Auto funktioniert nicht. Ich ging in den Wald, um mich von dem Schock zu erholen und um nachzudenken. Immer wieder wurde mir schwindlig. Ich hörte Züge vorbeifahren. Schließlich entdeckte ich einen kleinen Bahnhof. Um fünf Uhr war ich in Paris, wo ich mir ein Zimmer nahm. Ich wusch mich und brachte meine Kleidung in Ordnung. Und dann bin ich hierher zurückgekommen.«

»Und haben sich versteckt.«

»Ja.«

»Warum?«

»Ich weiß es nicht.«

»Sind Sie jemandem begegnet?«

»Nein. Ich bin durch den Park gekommen und habe die Hauptstraße gemieden. Als ich die Terrasse fast erreicht hatte, fiel ein Schuß… Ich möchte Else sehen.«

»Wissen Sie, daß man versucht hat, sie zu vergiften?«

Maigret hatte nicht im geringsten damit gerechnet, daß diese Worte eine solche Wirkung auf den Dänen haben würden. Dieser richtete sich unter großer Mühe auf, starrte ihn gebannt an und stammelte:

»Ist das wahr?«

Und er schien erleichtert, wie von einem Alptraum befreit.

»Ich möchte sie sehen, hören Sie?«

Maigret ging in den Flur, fand Else in ihrem Zimmer mit leerem Blick auf ihrem Diwan liegend, bewacht von Lucas, der ein stures Gesicht machte.

»Wollen Sie bitte kommen?«

»Was hat er gesagt?«

Sie blieb ängstlich und zögernd. Sie machte zwei unsichere Schritte in das Zimmer des Verwundeten, doch dann stürzte sie zu Carl, umarmte ihn und sagte etwas in ihrer Muttersprache.

Lucas schaute finster drein und musterte Maigret verstohlen.

»Können Sie sich einen Vers darauf machen?«

Der Kommissar hob die Schultern und gab ihm statt einer Antwort einige Anweisungen:

»Vergewissere dich, daß der Werkstattbesitzer Paris nicht verlassen hat. Und ruf im Präsidium an, daß morgen in aller Frühe ein Chirurg geschickt wird... Oder noch heute nacht, wenn möglich...«

»Wohin gehen Sie?«

»Keine Ahnung. Die Bewachung rund um den Park soll aufrechterhalten werden, obwohl das zu rein gar nichts führen wird.«

Er ging hinunter ins Erdgeschoß, stieg die Terrassenstufen hinab und erreichte die Hauptstraße. Er war allein. Die Tankstelle war geschlossen, man sah nur das fahle Licht der Zählscheiben an den Zapfsäulen.

Im ersten Stock der Michonnet-Villa war Licht. Hinter der Gardine, immer noch an demselben Platz, die Silhouette des Versicherungsagenten.

Die Nacht war kühl. Feiner Nebel stieg von den Feldern auf und zog sich einen Meter über dem Erdboden wellenartig dahin. Irgendwo von Arpajon her hörte man immer deutlicher das Brummen und Scheppern eines Wagens. Fünf Minuten später hielt ein Lastwagen vor der Tankstelle und hupte.

Eine kleine Tür öffnete sich in dem Wellblechtor der Werkstatt und gab den Blick auf eine brennende Glühbirne im Innern frei.

»Zwanzig Liter!«

Der verschlafene Mechaniker betätigte die Pumpe, ohne daß der Fahrer von seinem hohen Sitz herunterstieg. Der Kommissar trat heran. Er hatte die Hände in den Taschen und die Pfeife im Mund.

»Ist Monsieur Oscar noch nicht zurück?«

»Ach, Sie sind hier? Nein, wenn er nach Paris fährt, kommt er erst am nächsten Morgen wieder.«

Nach einem Zögern sprach er weiter.

»Hör mal, Arthur, du tätest gut daran, dein Ersatzrad mitzunehmen. Es ist fertig.«

Der Mechaniker holte einen Reifen samt Felge aus der Reparaturwerkstatt und rollte ihn zum hinteren Teil des Lastautos, wo er ihn unter großer Anstrengung befestigte.

Der Lastwagen fuhr davon. Sein rotes Rücklicht erlosch in der Ferne. Der Mechaniker gähnte und seufzte:

»Sind Sie immer noch auf der Suche nach dem Mörder? Um diese Zeit? Also wenn man mich pennen ließe, ich schwöre Ihnen, nichts auf der Welt könnte mich dann stören!«

Zwei Glockenschläge. Ein hellerleuchteter Zug weit draußen am Horizont.

»Kommen Sie nun herein oder nicht?«

Der Mann streckte sich. Er hatte es eilig, sich wieder hinzulegen.

Maigret trat ein, betrachtete die gekalkten Wände, wo an Nägeln rote Gummischläuche und Reifen aller Art hingen, die meisten in schlechtem Zustand.

»Sagen Sie mir, was wird er mit dem Ersatzrad anfangen, das Sie ihm gegeben haben?«

»Aber... es auf seinen Wagen montieren, was sonst?«

»Glauben Sie? Dann wird sein Lastwagen aber komisch fahren, denn dieses Rad hatte einen anderen Durchmesser als die übrigen.«

Der Blick des Mannes wurde unruhig.

»Vielleicht habe ich mich geirrt... Moment, sollte ich

ihm versehentlich das Rad für Vater Mathieus Lieferwagen gegeben haben?«

Ein Schuß krachte. Er kam aus Maigrets Revolver, der auf einen der an der Wand hängenden Gummischläuche gerichtet war. Der Schlauch sackte in sich zusammen, während durch das entstandende Loch kleine weiße Papiertüten fielen.

»Rühr dich nicht, Kleiner!«

Denn der Mechaniker stand da, als wollte er sich gleich auf den Kommissar stürzen.

»Vorsicht! Ich schieße!«

»Was wollen Sie von mir?«

»Hände hoch! Los, schneller!«

Und er trat hastig vor Jojo hin, tastete seine Taschen ab, konfiszierte einen mit sechs Kugeln geladenen Revolver.

»Leg dich auf dein Feldbett!«

Maigret stieß mit dem Fuß die Tür zu. Als er das sommersprossige Gesicht des Mechanikers musterte, wußte er, daß dieser sich noch nicht ganz geschlagen gab.

»Leg dich hin!«

Er blickte sich nach einem Strick um, fand aber nur ein Stück aufgerolltes Elektrokabel.

»Deine Hände!«

Als Maigret seinen Revolver aus der Hand legen mußte, schnappte der Mechaniker danach, aber Maigrets Faust traf ihn mitten ins Gesicht. Seine Nase blutete. Seine Lippen schwollen an. Der Mann schrie empört auf. Seine Hände waren gefesselt und kurz darauf auch seine Füße.

»Wie alt bist du?«

»Einundzwanzig.«

»Und woher kommst du?«

Schweigen. Aber Maigret brauchte ihm nur seine Faust zu zeigen.

»Aus der Strafanstalt in Montpellier.«

»Du hast früh angefangen! Du weißt, was diese Tüten enthalten?«

»Rauschgift.«

Die Stimme klang haßerfüllt. Der Mechaniker spannte seine Muskeln an in der Hoffnung, das Kabel lockern zu können.

»Was war in dem Ersatzrad?«

»Keine Ahnung.«

»Warum hast du es dann diesem Wagen mitgegeben und nicht einem anderen?«

»Ich antworte nicht mehr.«

»Um so schlimmer für dich!«

Fünf Schläuche wurden einer nach dem anderen zerschossen, aber sie enthielten nicht alle Kokain. In einem blieb etwas in einem langen Riß hängen, und Maigret entdeckte ein Silberbesteck mit eingravierter Fürstenkrone. In einem anderen Schlauch waren Spitzen und antiker Schmuck.

In der Werkstatt standen zehn Autos. Ein einziges sprang an, nachdem Maigret es nacheinander bei allen probiert hatte. Und dann machte er sich mit Hilfe eines Schraubenschlüssels und gelegentlich auch mit einem Hammer daran, die Motoren auseinanderzunehmen und in den Benzintanks herumzustochern.

Der Mechaniker sah ihm grinsend zu.

»An Ware fehlt's nicht, was?« höhnte er.

Der Tank eines 4 CV war mit Wertpapieren vollgestopft. Sie waren mindestens dreihunderttausend Francs wert.

»Stammt das aus dem Einbruch in die Diskontbank?«

»Kann schon sein.«

»Und diese alten Münzen?«

»Weiß nicht.«

Die Auswahl war größer als im Lager eines Antiquitätenhändlers. Es gab von allem etwas: Perlen, Banknoten, amerikanische Geldscheine und behördliche Stempel, die gewiß dazu dienten, falsche Pässe herzustellen.

Maigret konnte nicht alles auseinandernehmen. Aber als er dann noch aus den zerschlissenen Polstern einer Limousine Silbergulden zutage gefördert hatte, schien ihm der Beweis erbracht, daß alles in dieser Werkstatt Diebesgut war.

Auf der Straße fuhr ein Lastwagen ohne zu stoppen vorbei. Eine Viertelstunde später rollte ein weiterer vorüber, und Maigret zog die Brauen zusammen.

Er begann die Methode dieses Unternehmens zu verstehen. Die Werkstatt lag am Rande der Hauptstraße, fünfzig Kilometer von Paris entfernt und unweit einiger großer Provinzstädte wie Chartres, Orléans, Le Mans, Châteaudun.

Abgesehen vom Haus der Drei Witwen und der Michonnet-Villa gab es keine Nachbarn.

Und was konnten die schon sehen? Tausend Autos fuhren täglich vorbei. Mindestens hundert davon hielten vor den Zapfsäulen an. Einige wurden wegen einer Reparatur in die Werkstatt gefahren. Man verkaufte oder wechselte Reifen, auch ganze Räder. Ölkanister, Benzinfässer gingen von Hand zu Hand.

Ein Detail war ganz besonders wichtig: Jeden Abend fuhren schwere Laster, die mit Gemüse für die Markthallen beladen waren, nach Paris. Spät in der Nacht oder am Morgen kamen sie leer zurück.

Leer? Waren nicht sie es, die in Körben und Gemüsekisten Hehlerware herbrachten?

Es konnte ein regulärer, täglicher Fahrdienst bestehen. Ein einziger Reifen, jener, der das Kokain enthielt, machte bereits die Ausmaße dieses Handels deutlich, denn das Rauschgift stellte einen Wert von mehr als zweihunderttausend Francs dar.

Und diente die Werkstatt überdies nicht auch noch zum Umfrisieren gestohlener Autos?

Keine Zeugen! Monsieur Oscar unter seiner Haustür, beide Hände in den Taschen! Mechaniker hantieren mit Schraubenschlüsseln oder Schneidbrennern! Und die fünf Zapfsäulen, rot und weiß gestrichen, geben das Deckmäntelchen der Wohlanständigkeit ab.

Und halten hier nicht wie alle anderen auch der Metzger und der Bäcker und die Touristen?

In der Ferne ertönte ein Glockenschlag. Maigret blickte auf seine Uhr. Es war halb vier.

»Wer ist dein Chef?« fragte er seinen Gefangenen, ohne ihn anzusehen.

Der andere lachte nur still vor sich hin.

»Du weißt genau, daß du früher oder später reden wirst. Ist es Monsieur Oscar? Wie ist sein richtiger Name?«

»Oscar.«

Der Mechaniker brach fast in Lachen aus.

»War Monsieur Goldberg hier?«

»Wer ist das?«

»Das weißt du besser als ich! Der Belgier, der umgebracht worden ist!«

»Ach wirklich?«

»Wer hat den Dänen auf der Straße nach Compiègne angeschossen?«

»Man hat jemanden angeschossen?«

Es war kein Zweifel möglich. Maigrets erster Eindruck bestätigte sich. Er hatte es hier mit einer organisierten Bande von Berufsverbrechern zu tun.

Und er erhielt noch einen weiteren Beweis. Auf der Straße erklang anwachsendes Motorengeräusch, dann hielt ein Wagen mit kreischenden Bremsen vor dem Blechtor und hupte laut.

Maigret stürzte hinaus. Aber er hatte die Tür noch nicht geöffnet, da fuhr das Auto schon mit einer solchen Geschwindigkeit davon, daß er nicht einmal mehr das Modell erkennen konnte.

Mit geballten Fäusten ging er auf den Mechaniker zu.

»Wie hast du ihn gewarnt?«

»Ich?«

Der Arbeiter zeigte grinsend seine gefesselten Handgelenke vor.

»Rede!«

»Der Kumpel muß gerochen haben, daß hier etwas nicht stimmt.«

Maigret wollte sich nicht damit abfinden. Er packte das Feldbett und kippte es brutal um, so daß Jojo auf den Boden stürzte. Möglicherweise gab es einen Schalter, durch den man draußen ein Warnsignal auslösen konnte.

Er schob das Bett hin und her, aber er fand nichts. Er ließ den Mechaniker auf dem Boden liegen und ging hinaus. Die fünf Zapfsäulen waren wie üblich beleuchtet.

Er wurde allmählich wütend.

»Gibt es kein Telefon in der Werkstatt?«

»Suchen Sie doch!«

»Ist dir klar, daß du am Ende doch reden wirst?«

»Was Sie nicht sagen!«

Aus diesem Kerl war nichts herauszubringen, er war genau der Typ des selbstbewußten organisierten Bandenmitglieds. Eine Viertelstunde lang marschierte Maigret die Straße fünfzig Meter auf und ab und suchte vergeblich nach etwas, das als Signal dienen konnte.

Bei den Michonnets war das Licht im ersten Stock erloschen. Nur das Haus der Drei Witwen war noch beleuchtet, und man ahnte dort die Anwesenheit der Polizisten, die den Park umzingelten.

Eine Limousine raste vorüber.

»Was für einen Wagen fährt dein Chef?«

Im Osten kündigte sich die Dämmerung durch einen weißlichen Nebel an, der nur knapp über den Horizont reichte.

Maigret musterte die Hände des Mechanikes. In Reichweite dieser Hände gab es nichts, was ein Signal auslösen konnte.

Ein frischer Luftzug drang durch die kleine offenstehende Tür im Wellblechtor.

Maigret hörte einen Motor laufen und eilte auf die Straße hinaus. Er sah einen viersitzigen offenen Sportwagen, der nicht schneller als dreißig Stundenkilometer fuhr und anhalten zu wollen schien. Da plötzlich begann das reinste Feuerwerk!

Mehrere Männer schossen, die Kugeln prasselten nur so auf das Wellblech.

Scheinwerfer blendeten ihn, und so konnte er nur reglose Schatten, vielmehr Köpfe sehen, die über die Karosserie hinauslugten. Dann heulte der Motor auf.

Fensterscheiben klirrten.

Die Schüsse, die immer noch aus dem Wagen kamen, zielten jetzt auf den ersten Stock des Hauses der Drei Witwen.

Maigret, der sich flach an den Boden gedrückt hatte, richtete sich auf. Sein Mund war trocken, die Pfeife war ausgegangen.

Er war sich sicher, am Steuer des Sportwagens, der in der Nacht verschwunden war, Monsieur Oscar erkannt zu haben.

8

Die Verschwundenen

Der Kommissar hatte noch nicht die Straßenmitte erreicht, als ein Taxi erschien und mit quietschenden Bremsen vor den Zapfsäulen zum Stehen kam. Ein Mann sprang heraus, stieß gegen Maigret.

»Grandjean!« rief dieser überrascht.

»Volltanken, schnell!«

Der Taxichauffeur war bleich vor Aufregung, denn er hatte den Wagen, der für höchstens achtzig Stundenkilometer gebaut war, mit Tempo hundert dahingejagt.

Grandjean gehörte zur Straßenverkehrspolizei. Zwei weitere Beamte saßen bei ihm im Taxi. Jeder hielt einen Revolver umklammert.

In fieberhafter Eile wurde der Tank gefüllt.

»Sind sie schon weit?«

»Sie haben einen Vorsprung von fünf Kilometern.«

Der Chauffeur wartete auf den Befehl, weiterzufahren.

»Bleib hier!« befahl Maigret Grandjean. »Die beiden anderen können ohne dich weiter.«

Und ihnen riet er:

»Keine Unvorsichtigkeit! Wir schnappen sie auf jeden Fall! Bleibt ihnen nur auf den Fersen, das genügt!«

Das Taxi fuhr davon. Noch lange hörte man das laute Scheppern eines Kotflügels, der sich gelockert hatte.

»Erzähl, Grandjean!«

Und Maigret hörte ihm zu, während er weiter die drei Häuser beobachtete, auf die nächtlichen Geräusche lauschte und den gefesselten Mechaniker im Auge behielt.

»Lucas rief mich an, weil ich den hiesigen Werkstattbesitzer, Monsieur Oscar, überwachen sollte. Ich habe ihn von der Porte d'Orléans an beschattet. Sie haben im Escargot, wo sie mit niemandem gesprochen haben, ausgiebig zu Abend gegessen. Dann sind sie ins Ambigu gegangen. Bis dahin geschah nichts Interessantes. Um Mitternacht kamen sie aus dem Theater und haben sich von dort zum Chope-Saint-Martin aufgemacht. Sie kennen das Lokal? Im kleinen Saal im ersten Stock treiben sich immer ein paar zwielichtige Gestalten herum. Oscar ging hinein, als wäre er dort zu Hause. Die Kellner begrüßten ihn, der Wirt drückte ihm die Hand und fragte ihn, wie die Geschäfte liefen... Auch die Frau fühlte sich dort so wohl wie ein Fisch im Wasser.

Sie setzten sich an einen Tisch, an dem schon drei Männer und ein Mädchen saßen. Einen der Typen habe ich erkannt. Er ist Klempner und wohnt in der Nähe der Place de la République. Der andere war ein Trödler aus der Rue du Temple. Über den dritten weiß ich nichts, aber das Mädchen, das bei ihm war, ist bestimmt bei der Sitte registriert.

Sie tranken Champagner und lachten viel. Dann bestellten sie Krabben, Zwiebelsuppe und was weiß ich noch alles. Eine wahre Orgie, wie solche Leute sie eben zu feiern verstehen; man grölt herum, schlägt sich auf die Schenkel, singt hier und da ein Liedchen...

Es gab eine Eifersuchtsszene, weil Monsieur Oscar das

Mädchen, das seine Frau nicht leiden konnte, zu sehr an sich drückte. Der Zwischenfall wurde schließlich mit einer neuen Flasche Champagner bereinigt.

Ab und zu kam der Wirt an den Tisch, um mit seinen Gästen anzustoßen. Er spendierte sogar eine Runde. Dann, ich glaube gegen drei Uhr, kam der Kellner und richtete aus, daß Monsieur Oscar am Telefon verlangt würde.

Als er aus der Telefonzelle kam, lachte er nicht mehr. Er warf mir einen bösen Blick zu, weil ich der einzige Gast war, den sie nicht kannten. Er sprach leise mit den anderen. Sie waren ganz schön verwirrt und machten sooo lange Gesichter! Die Kleine – ich meine Monsieur Oscars Frau – hatte tiefe Ringe unter den Augen und trank ein Glas nach dem anderen, um wieder munter zu werden.

Nur der eine, den ich nicht kenne – dem Aussehen nach ist er Italiener oder Spanier –, ist dann dem Ehepaar gefolgt.

Während sie sich noch mit vielen Worten verabschiedeten, war ich schon auf dem Boulevard und schaute mich nach einem Taxi um, das nicht zu klapprig aussah. Ich rief zwei Polizisten zu mir, die an der Porte Saint-Denis Dienst taten.

Sie haben ihren Wagen ja gesehen. Ab dem Boulevard Saint-Michel fuhren sie mit hundert Sachen. Mindestens zehnmal wurde hinter ihnen hergepfiffen, aber sie schauten nicht einmal zurück. Wir hatten Mühe, ihnen zu folgen. Der Taxifahrer, ein Russe, behauptete, daß wir ihm noch seinen Motor ruinieren würden… Waren sie es, die geschossen haben?«

»Ja!«

Lucas hatte die Schießerei gehört und kam vom Haus der Drei Witwen herangeeilt.

»Was ist passiert?«

»Wie geht's dem Verletzten?«

»Er ist schwächer. Trotzdem glaube ich, daß er bis zum Morgen durchhält. Der Chirurg muß ja bald eintreffen... Aber was war hier los?«

Lucas betrachtete das Wellblechtor, auf dem sich die Einschüsse abzeichneten, und das Feldbett, neben dem der Mechaniker, immer noch mit seinem Elektrokabel gefesselt, auf dem Boden lag.

»Eine organisierte Bande, was, Chef?«

»Und wie!«

Maigret war besorgter als sonst. Man merkte es hauptsächlich daran, daß er die Schultern etwas hängen ließ. Und sein Mund, in dem der Pfeifenstiel steckte, war seltsam verkniffen.

»So, Lucas, du wirfst jetzt das Netz aus. Ruf an in Arpajon, Etampes, Chartres, Orléans, Le Mans, Rambouillet. Sieh am besten auf der Karte nach! Sämtliche Gendarmerien in Einsatz! Die Ausfallstraßen der Städte abriegeln! Die kriegen wir schon... Was macht Else Andersen?«

»Ich weiß es nicht. Ich habe sie in ihrem Zimmer zurückgelassen. Sie ist sehr niedergeschlagen.«

»Ach wirklich?« entgegnete Maigret mit unerwarteter Ironie.

Sie standen immer noch auf der Straße.

»Von wo aus soll ich telefonieren?«

»Im Flur von Monsieur Oscars Haus hängt ein Telefon.

Fang mit Orléans an, denn über Etampes dürften sie schon hinaus sein.«

Auf einem inmitten der Felder gelegenen einsamen Gehöft ging ein Licht an. Die Bauersleute standen auf. Man sah einen Laternenschein an einer Mauer entlangwandern und wieder verschwinden, dann erhellten sich die Fenster des Stalles.

»Fünf Uhr früh. Die Kühe werden gemolken.«

Lucas war zum Haus gegangen, wo er die Tür mit Hilfe einer Zange aufbrach, die er in der Werkstatt gefunden hatte.

Grandjean folgte Maigret, ohne genau zu wissen, was eigentlich vorging.

»Die jüngsten Ereignisse sind sonnenklar«, brummte der Kommissar. »Bleibt nur noch der Anfang der Geschichte zu klären…

Sieh, dort oben ist ein Mann, der mich zu sich gerufen hat, nur damit ich mich davon überzeuge, daß er nicht gehen kann. Seit Stunden sitzt er am selben Platz und rührt sich nicht vom Fleck. Kein einziges Mal hat er sich bewegt!

Es brennt doch Licht hinter den Fenstern, oder nicht? Und ich habe vorhin nach dem Signal gesucht!… Du kannst das nicht verstehen… Die Autos, die vorüberfuhren, ohne anzuhalten…

Und zu dem Zeitpunkt brannte dort *kein Licht*!«

Maigret brach in Gelächter aus, als ob er etwas unendlich Komisches entdeckt hätte.

Und plötzlich beobachtete sein Begleiter, wie er den Revolver aus der Tasche zog und auf das Fenster der Michonnets zielte, hinter dem man den Schatten eines auf die Sessellehne gestützten Kopfes sah.

Der Schuß knallte hell wie ein Peitschenhieb. Die Fensterscheibe zerbarst, und die Splitter flogen in den Garten.

Aber im Zimmer bewegte sich nichts. Der Schatten hinter der hellen Gardine behielt absolut dieselbe Form bei.

»Was haben Sie getan?«

»Schlag die Tür ein! Oder nein, klingle! Es würde mich wundern, wenn niemand an die Tür käme!«

Doch niemand kam. Kein einziger Laut drang heraus.

»Schlag sie ein!«

Grandjean war stämmig gebaut. Dreimal nahm er Anlauf und warf sich gegen die Tür, die schließlich nachgab und aus den Angeln gerissen wurde.

»Langsam... Vorsicht...«

Sie hatten beide eine Waffe in der Hand. Zuerst knipsten sie den Lichtschalter im Eßzimmer an. Auf dem Tisch, über den eine rotkarierte Tischdecke gebreitet war, standen noch die schmutzigen Teller vom Abendessen und eine Karaffe, die einen Rest Weißwein enthielt. Maigret setzte die Karaffe an den Mund und trank sie leer.

Im Wohnzimmer fanden sie nichts. Über die Sessel waren Schonbezüge gezogen, und es herrschte die stickige Luft eines nie benutzten Raumes.

In der weißgekachelten Küche begegneten sie nur einer Katze, die sich schnell in Sicherheit brachte.

Der Polizist blickte Maigret unruhig an. Sie stiegen die Treppe hinauf und gelangten in den ersten Stock, wo sich drei Türen befanden.

Der Kommissar öffnete die Tür des zur Straße hin liegenden Zimmers. Ein Luftzug, der durch das zersprungene Fenster entstand, blähte die Gardine auf. In dem Sessel entdeckten sie etwas Groteskes: einen schräg liegenden Besenstiel mit einer Kugel aus Lappen am oberen Ende, das über die Rückenlehne hinausragte, so daß, blickte man von außen gegen das erleuchtete Fenster, die Silhouette eines Kopfes entstand.

Maigret verzog keine Miene, öffnete die Verbindungstür, knipste das Licht an und fand ein zweites Schlafzimmer, das ebenfalls leer war.

Oberste Etage. Eine Mansarde. Auf dem Fußboden lagerten mit jeweils zwei oder drei Zentimetern Abstand Äpfel, und am Dachbalken hingen gebündelte grüne Bohnen. Es gab eine weitere Kammer, die gewiß als Mädchenzimmer gedacht war, aber nicht benutzt wurde, denn es stand nur ein alter Nachttisch darin.

Sie stiegen wieder hinunter. Maigret ging durch die Küche auf den Hinterhof hinaus, der nach Osten lag. Von hier aus sah man schon den grauen Schein der Morgendämmerung.

Ein kleiner Schuppen. Eine Tür, die sich bewegte. »Wer da?« stieß er drohend aus und schwang seinen Revolver.

Ein Schreckensschrei. Die Tür, die von innen losgelassen wurde, sprang von selbst auf, und sie sahen eine Frau, die auf die Knie fiel und rief:

»Ich habe nichts getan! Oh, bitte! Ich … ich …«

Es war Madame Michonnet. Ihre Haare waren zerzaust, ihr Kleid vom Wandputz im Schuppen verschmiert.

»Ihr Mann?«

»Ich weiß nicht! Ich schwöre, ich weiß nichts! Oh, welch ein Unglück!«

Sie weinte. Ihr ganzer massiger Körper schien zu erschlaffen, zu zerfließen. Ihr Gesicht wirkte zehn Jahre älter, war aufgedunsen durch die Tränen, entstellt von Angst.

»Ich war es nicht! Ich habe nichts getan! Es war dieser Mann von gegenüber!«

»Welcher Mann?«

»Der Ausländer! Ich weiß nichts! Aber er war es, da können Sie sicher sein! Mein Mann ist weder ein Mörder noch ein Dieb, er hat immer ein ehrbares Leben geführt. Er war es! Der mit seinem bösen Auge! Seit er sich an der Kreuzung niedergelassen hat, geht alles schlecht... Ich...«

Ein Hühnerhof war voll mit weißen Hühnern, die nach dicken gelben Maiskörnern auf dem Boden pickten. Die Katze kauerte auf einer Fensterbank, ihre Augen funkelten im Halbdunkel.

»Stehen Sie auf!«

»Was werden Sie mit mir tun? Wer hat geschossen?«

Es war erbärmlich. Sie war fast fünfzig Jahre alt und heulte wie ein Kind. Sie hatte so sehr die Fassung verloren, daß sie sich fast in Maigrets Arme geworfen hätte, als dieser ihr aufhalf und ihr mechanisch die Schulter tätschelte. Aber dann lehnte sie nur ihren Kopf gegen die Brust des Kommissars, klammerte sich ans Revers seiner Jacke und wimmerte:

»Ich bin nur eine arme Frau! Mein ganzes Leben habe ich gearbeitet! Vor meiner Hochzeit war ich Kassiererin im größten Hotel in Montpellier...«

Maigret schob sie von sich, aber er konnte ihrem Wehklagen kein Ende setzen.

»Ich hätte besser daran getan, das zu bleiben, was ich war. Denn man schätzte mich. Ich weiß noch, wie mir mein Chef, der viel von mir hielt, bei meinem Weggang prophezeite, ich würde mich noch nach seinem Haus zurücksehnen... Und es stimmt! Ich habe hier mehr schuften müssen als je zuvor!«

Wieder zerfloß sie in Tränen. Und der Anblick ihrer Katze steigerte noch ihren Kummer.

»Arme Mitsou! Du kannst auch nichts dafür! Und meine Hühner, meine kleine Küche, mein Haus! Hören Sie, Kommissar, ich glaube, ich wäre fähig, diesen Mann zu töten, wenn er vor mir stünde! Ich habe es am ersten Tag, als ich ihn gesehen habe, gespürt! Schon sein schwarzes Auge...«

»Wo ist Ihr Mann?«

»Was weiß ich!«

»Er ist gestern am frühen Abend weggegangen, nicht wahr? Und zwar gleich nach meinem Besuch! Er war ebensowenig krank wie ich!«

Sie wußte keine Antwort darauf. Verlegen blickte sie um sich, als suchte sie eine Stütze.

»Er hat wirklich Gicht.«

»War Mademoiselle Else schon einmal hier?«

»Nie!« rief sie empört aus. »Derlei Kreaturen kommen mir nicht ins Haus!«

»Und Monsieur Oscar?«

»Haben Sie ihn festgenommen?«

»Beinahe.«

»Er hat den Wagen auch nicht gestohlen. Mein Mann

hätte nie diese Leute treffen dürfen, deren Welt nicht die unsrige ist, denen jegliche Erziehung abgeht! Ach, wenn man nur auf die Frauen hören würde! Sagen Sie, was, glauben Sie, wird jetzt geschehen? Ich höre die ganze Zeit Schüsse. Wenn meinem Mann etwas zustieße, würde ich wohl sterben vor Scham. Überdies bin ich zu alt, um noch eine eigene Arbeit zu finden...«

»Gehen Sie ins Haus zurück.«

»Was soll ich tun?«

»Trinken Sie etwas Heißes. Warten Sie. Schlafen Sie, wenn Sie können.«

»Schlafen?«

Und bei diesem Wort gab es einen neuen Tränenausbruch, einen richtigen Weinkrampf, aber sie mußte ihn allein überwinden, denn die beiden Männer waren hinausgegangen.

Doch Maigret kehrte noch einmal zurück und nahm den Telefonhörer ab.

»Hallo! Arpajon?... Polizei! Würden Sie mir bitte sagen, welche Nummer im Lauf der Nacht von dieser Leitung aus verlangt worden ist?«

Er mußte ein paar Minuten warten, bis er die Antwort erhielt:

»Archives 27-45. Das ist ein großes Café an der Porte Saint-Martin.«

»Ich weiß. Hatten Sie noch weitere Gespräche für die Kreuzung der Drei Witwen?«

»Gerade eben. Aus der Werkstatt wurde um Verbindung mit den Gendarmerien gebeten.«

»Danke.«

Als Maigret Inspektor Grandjean auf der Straße eingeholt hatte, begann ein feiner, nebelartiger Nieselregen. Aber am Himmel wurde es trotzdem heller.

»Kennen Sie sich noch aus in all dem, Kommissar?«

»Einigermaßen.«

»Diese Frau macht uns was vor, nicht wahr?«

»Sie ist der aufrichtigste Mensch, der sich denken läßt!«

»Dennoch, ihr Mann…«

»Nun, bei dem liegt der Fall anders. Ein anständiger Mann, der auf die schiefe Bahn geraten ist. Oder, wenn dir das lieber ist, ein Lump, der seiner Herkunft nach ein anständiger Mann hätte werden müssen. Es gibt nichts Umständlicheres als ihn! Zerbricht sich stundenlang den Kopf, wie er sich aus der Affäre ziehen kann. Erfindet die kompliziertesten Geschichten. Spielt seine Rolle perfekt. Man müßte zum Beispiel noch herausfinden, was ihn zu einem bestimmten Zeitpunkt in seinem Leben bewogen hat, ein Lump zu werden, wenn ich so sagen darf. Und es bleibt schließlich auch noch in Erfahrung zu bringen, was er sich von dieser Nacht wohl erhofft hat…«

Maigret stopfte seine Pfeife und ging auf das Tor des Hauses der Drei Witwen zu, vor dem ein Polizist Wache hielt.

»Nichts Neues?«

»Ich glaube, sie haben noch nichts gefunden. Der Park ist umzingelt, aber bis jetzt war niemand zu sehen.«

Die beiden Männer gingen um das Gebäude herum, das in der Dämmerung gelblich schimmerte und dessen bauliche Besonderheiten sich abzuzeichnen begannen.

Im Salon war alles genauso wie bei Maigrets erstem Besuch. Auf der großen Staffelei lehnte immer noch die Skizze eines Stoffmusters mit großen, purpurfarbenen Blumen. Das Licht, das auf eine Schallplatte im Grammophon fiel, spiegelte sich an der Wand in der Form eines Diabolospiels. Das Morgenlicht sickerte wie zerrissene Dunstschwaden allmählich in jeden Winkel des Raumes.

Auf der Treppe knarrte wieder dieselbe Stufe. Man hörte Carl Andersen in seinem Zimmer stöhnen, doch als der Kommissar eintrat, verstummte er, bezwang seinen Schmerz, nicht aber seine Unruhe, und stammelte:

»Wo ist Else?«

»In ihrem Zimmer.«

»Ach.«

Es schien ihn zu beruhigen. Er seufzte und befühlte stirnrunzelnd seine Schulter.

»Ich glaube, ich werde nicht daran sterben.«

Am schlimmsten war sein Glasauge anzusehen, weil es an der lebhaften Mimik nicht teilnahm. Es blieb klar und durchsichtig und starrte einen groß an, während alle anderen Gesichtsmuskeln zuckten.

»Es ist mir lieber, wenn sie mich so nicht sieht. Glauben Sie, daß meine Schulter wieder in Ordnung kommt? Ist auch ein guter Chirurg herbestellt worden?«

Auch er wurde wie Madame Michonnet in seiner Angst zum Kind. Sein Blick war flehend. Er wollte beruhigt werden. Die meisten Sorgen schien er sich jedoch um seine Gesundheit zu machen, um die Spuren, die die Ereignisse auf seinem Äußeren hinterlassen könnten.

Andererseits bewies er eine außerordentliche Willenskraft, eine bemerkenswerte Fähigkeit, den Schmerz zu überwinden. Maigret, der seine beiden Wunden gesehen hatte und sich auskannte, wußte dies zu schätzen.

»Sagen Sie Else…«

»Wollen Sie sie nicht sehen?«

»Nein! Besser nicht! Aber sagen Sie ihr, daß ich hier bin, daß ich wieder gesund werde, daß… daß ich bei klarem Verstand bin und daß sie Vertrauen haben muß… Wiederholen Sie ihr dieses Wort: Vertrauen! Sie soll in der Bibel lesen. Die Geschichte von Hiob zum Beispiel… Sie lachen darüber, weil ihr Franzosen die Bibel nicht kennt!… Vertrauen!… *und kenne die Meinen…* So spricht Gott. Gott kennt die Seinen. Sagen Sie ihr das! Und auch: *Also wird auch Freude im Himmel sein über…* Sie wird es verstehen. Und: *Der Gerechte wird neunmal täglich geprüft…*«

Es war unglaublich! Verwundet, am ganzen Körper leidend, schwer darniederliegend, zitierte er den beiden Polizeibeamten mit klarer Stimme Sprüche aus der Heiligen Schrift.

»Vertrauen! Sie werden es ihr sagen, nicht wahr? Denn einzig wer reinen Herzens ist, kann anderen ein Vorbild sein!«

Sein Blick verdüsterte sich. Er hatte das Lächeln bemerkt, das über Inspektor Grandjeans Lippen huschte. Und er murmelte verächtlich vor sich hin:

»Franzose!«

Franzose! Mit anderen Worten: Gottloser! Oder: Skeptiker, Leichtgläubiger, Nörgler, Sünder!

Entmutigt drehte er sich zur Wand und starrte sie mit seinem gesunden Auge an.

»Sagen Sie ihr …«

Aber als Maigret und sein Begleiter die Tür zu Elses Zimmer aufstießen, sahen sie niemanden.

Eine Luft wie im Treibhaus! Eine dicke Wolke vom Qualm heller Zigaretten. Eine so greifbar frauliche Atmosphäre, daß jeder Mann, zumal ein junger, hier seinen Verstand verlieren konnte.

Aber niemand war da. Das Fenster war geschlossen. Dort war Else also nicht hinausgestiegen.

Das Bild, das die Mauernische mit dem Arzneifläschchen, dem Schlüssel und dem Revolver verbarg, hing an seinem Platz.

Maigret schob es zur Seite. Der Revolver fehlte.

»Nun sieh mich doch nicht so an, verdammt noch mal!« schnauzte er den Inspektor wütend an, der hinter ihm stand und ihn baff vor Bewunderung anglotzte.

Und in diesem Augenblick krachte etwas im Mund des Kommissars. Er hatte das Mundstück seiner Pfeife durchgebissen, und der Pfeifenkopf rollte auf den Teppich.

»Ist sie geflohen?«

»Schweig!«

Er war ungerecht in seinem Zorn. Grandjean war bestürzt und wagte sich nicht mehr zur rühren.

Es war noch nicht ganz hell. Immer noch schwebte dieser graue Dunst über dem Erdboden und verbrämte das Tageslicht. Der Bäcker fuhr in seinem alten Ford vorüber, dessen Vorderräder im Zickzack über den Teer rollten.

Plötzlich wandte sich Maigret um, rannte durch den Flur und die Treppe hinab. Genau in dem Augenblick, als er im Salon ankam, dessen beide Glastüren weit aufstanden, erscholl ein entsetzlicher Schrei, ein Todesschrei, ein lautes Jammern wie das Wehklagen eines leidenden Tieres.

Es war eine Frau, die da schrie und deren Stimme durch irgendein unbekanntes Hindernis gedämpft wurde. Es konnte sehr weit weg oder sehr nah sein. Es konnte vom Dach oder aus dem Keller kommen.

Und man hörte die Todesangst so deutlich heraus, daß der vor dem Tor wachende Polizist mit entsetztem Gesicht herbeilief.

»Kommissar! Haben Sie gehört?…«

»Ruhe! Zum Teufel noch mal!« brüllte Maigret überreizt.

Und er hatte den Mund noch nicht geschlossen, da fiel ein Schuß. Aber es war ein so dumpfer Knall, daß niemand sagen konnte, ob er von links oder von rechts, aus dem Park oder aus dem Haus, aus dem Wald oder von der Straße her kam.

Gleich darauf hörte man Schritte auf der Treppe. Carl Andersen kam, völlig verstört, herunter. Er hielt sich eine Hand auf die Brust und schrie wie ein Irrrer:

»Das ist sie!«

Er keuchte. Sein Glasauge blickte starr. Man konnte nicht sagen, wen er mit dem anderen, weit aufgerissenen gesunden Auge ansah.

9

Die Männer mit dem Rücken zur Wand

Es vergingen ein paar Sekunden, in denen die letzten Echos der Detonation verhallten. Man wartete auf einen weiteren Schuß. Carl Andersen schwankte hinaus und erreichte den Kiesweg.

Einer der Polizisten, die im Park Wache hielten, rannte plötzlich zum Gemüsegarten, in dessen Mitte sich ein Brunnen mit einer Winde befand. Er hatte sich kaum über den Rand gebeugt, da wich er auch schon wieder zurück und trillerte mit seiner Pfeife.

»Bring ihn zurück, wenn nötig mit Gewalt!« rief Maigret Lucas zu und deutete auf den taumelnden Dänen.

Es war alles auf einmal passiert, und das in einem diffusen Dämmerlicht. Lucas machte einem seiner Männer ein Zeichen. Zu zweit gingen sie auf den Verletzten zu und redeten kurze Zeit auf ihn ein. Als Carl nicht auf sie hören wollte, packten sie ihn kurzerhand und trugen ihn, der zappelte und laut protestierte, ins Haus.

Maigret erreichte den Brunnen, aber der Polizist hielt ihn zurück, warnte:

»Vorsicht!«

Und tatsächlich pfiff eine Kugel vorüber, während unten im Brunnen das Echo des Schusses noch lange hallte.

»Wer ist es?«

»Das Mädchen. Und ein Mann. Sie ringen miteinander.«

Vorsichtig näherte sich der Kommissar dem Brunnenrand. Aber er konnte fast nichts erkennen.

»Deine Lampe!«

Noch während er in groben Zügen die Situation überdachte, knallte es erneut, und die Kugel hätte beinahe die Taschenlampe zertrümmert.

Der Mann war Michonnet. Der Brunnen war nicht tief, aber breit, und er enthielt kein Wasser.

Da unten kämpften die beiden miteinander. Soweit man sehen konnte, hatte der Versicherungsagent Else an der Kehle gepackt, als wollte er sie erdrosseln. Sie hielt einen Revolver in der Hand. Aber diese Hand umklammerte er ebenfalls und konnte so den Schuß lenken, wohin er wollte.

»Was sollen wir tun?« fragte der Polizist.

Er war verwirrt. Ab und zu drang ein Röcheln herauf. Es war Else, die nach Luft schnappte, während sie sich verzweifelt wehrte.

»Michonnet! Ergeben Sie sich!« rief Maigret pro forma.

Der andere antwortete nicht einmal, sondern schoß in die Luft. Und da zögerte der Kommissar nicht länger. Der Brunnen war drei Meter tief. Mit einem Satz sprang Maigret hinein und landete buchstäblich auf dem Rücken des Versicherungsmannes, wobei er allerdings auch gegen ein Bein Elses stieß.

Es war ein heilloses Durcheinander. Ein weiterer Schuß fiel. Die Kugel streifte die Brunnenwand und schwirrte dann in die Luft, während der Kommissar vorsichtshalber erst einmal blindlings mit beiden Fäusten auf Michonnets Kopf einhieb.

Beim vierten Schlag blickte ihn der Versicherungsagent wie ein verwundetes Tier an, taumelte und kippte mit einem blauen Auge und ausgehängtem Kieferknochen zu Boden.

Else, die mit beiden Händen ihre Kehle umfaßte, rang nach Luft.

Dieser Kampf auf dem düsteren Grund eines Brunnens, in einem Gestank von Salpeter und Schlick, war tragisch und komisch zugleich.

Und noch komischer war das Nachspiel: den völlig niedergeschlagenen und erschöpften, wimmernden Michonnet zog man mit dem Seil an der Winde hoch. Else, die von Maigret hochgestemmt wurde, war völlig verschmutzt, und ihr schwarzes Samtkleid war mit großen Flecken von grünlichem Schlick übersät.

Weder sie noch ihr Gegner hatten ganz das Bewußtsein verloren. Aber sie waren wie zerschlagen, ausgepumpt. Sie wirkten wie Clowns, die einen Boxkampf parodieren und schließlich ermattet übereinanderfallen, es aber nicht lassen können, weiter blind ins Leere zu schlagen.

Maigret hatte den Revolver aufgehoben. Es war Elses Waffe, die aus dem Versteck in ihrem Zimmer verschwunden war. Sie enthielt noch eine Kugel.

Lucas kam mit besorgtem Gesicht aus dem Haus und seufzte bei diesem Anblick:

»Den anderen habe ich an sein Bett fesseln müssen.«

Der Polizist betupfte mit einem angefeuchteten Taschentuch die Stirn des Mädchens. Der Inspektor fragte:

»Wo kommen denn die beiden her?«

Er hatte die Frage kaum ausgesprochen, da wollte sich

Michonnet, der sich kaum noch aufrecht halten konnte, mit wutverzerrtem Gesicht erneut auf Else stürzen. Aber er kam nicht dazu, denn Maigret versetzte ihm einen Tritt, daß er zwei Meter weit flog, und brüllte ihn an:

»Jetzt ist aber Schluß mit dieser Komödie!«

Und er mußte laut auflachen, als er das belemmerte Gesicht des Versicherungsagenten sah. Er erinnerte an einen wütenden Bengel, den man sich unter den Arm klemmt, um ihm den Hintern zu versohlen, der aber weiterzappelt und brüllt und heult, zu beißen und zu schlagen versucht, ohne seine Ohnmacht einzugestehen.

Denn Michonnet weinte! Er weinte und drohte, sogar mit der Faust, und er schnitt wilde Grimassen!

Else stand schließlich auf und strich sich mit der Hand über die Stirn.

»Ich habe schon geglaubt, dies sei mein Ende«, seufzte sie mit einem schwachen Lächeln. »Er hat so zugedrückt.«

Ihre eine Wange war schwarz vor Erde, in ihrem zerzausten Haar hing der Schmutz. Und Maigret selbst bot kaum einen besseren Anblick!

»Was haben Sie in dem Brunnen gemacht?« fragte er.

Sie sah ihn scharf an. Ihr Lächeln verschwand. Man spürte, daß sie mit einem Schlag ihre Kaltblütigkeit zurückgewonnen hatte.

»Antworten Sie!«

»Ich... Ich bin mit Gewalt hineingeschleppt worden.«

»Von Michonnet?«

»Das ist nicht wahr!« brüllte dieser.

»Es ist wahr! Er wollte mich erwürgen! Ich glaube, er ist verrückt.«

»Sie lügt! Sie ist es, die verrückt ist! Oder vielmehr, sie hat...«

»Hat was?«

»Ich weiß nicht! Sie... Sie ist eine Giftschlange, deren Kopf man an einem Stein zerschmettern muß!«

Inzwischen war es Tag geworden. In allen Bäumen zwitscherten Vögel.

»Warum haben Sie den Revolver mitgenommen?«

»Weil ich eine Falle fürchtete.«

»Was für eine Falle? Einen Augenblick... Gehen wir der Reihe nach! Sie haben soeben erzählt, Sie seien überfallen und in den Brunnen geschleppt worden.«

»Sie lügt!« schrie der Versicherungsvertreter erneut.

»Nun zeigen Sie mir mal«, fuhr Maigret fort, »wo dieser Überfall stattgefunden hat.«

Sie blickte sich um und deutete auf die Terrasse.

»Dort? Und Sie haben nicht geschrien?«

»Ich konnte nicht.«

»Und dieses schmächtige Männlein hatte die Kraft, Sie bis zum Brunnen zu tragen, das heißt, eine Last von fünfundfünfzig Kilo zweihundert Meter weit zu schleppen?«

»So ist es.«

»Sie lügt!«

»Er soll endlich den Mund halten«, sagte sie müde. »Sehen Sie nicht, daß er verrückt ist? Und das nicht erst seit heute!«

Man mußte Michonnet bändigen, der sich erneut auf sie stürzen wollte.

Die kleine Gruppe in dem Garten bestand aus Maigret, Lucas und zwei Polizisten, die den Versicherungsvertreter mit seinem zerschundenen Gesicht und Else beobachteten, die, während sie redete, Ordnung in ihr Äußeres zu bringen versuchte.

Es war schwer zu deuten, warum es niemandem gelang, die ganze Sache als tragisch oder wenigstens als dramatisch anzusehen. Es sah einfach mehr nach einer Posse aus.

Ohne Zweifel lag das zum Teil an diesem diffusen Morgenlicht. Und auch die Müdigkeit und der Hunger aller Beteiligten werden wohl dazu beigetragen haben.

Diese Stimmung steigerte sich noch, als man eine Frau zögernd die Straße entlangkommen sah, die dann den Kopf über das Gitter des Tores streckte, dieses schließlich öffnete und beim Anblick Michonnets rief:

»Emile!«

Es war Madame Michonnet, mehr entsetzt denn überrascht, die ein Taschentuch aus ihrer Tasche zog und in Tränen aufging.

»Schon wieder diese Frau!«

Sie wirkte wie eine behäbige alte Mutter, die sich, von den Ereignissen hin- und hergerissen, in ihrer Verbitterung lindernden Tränen hingibt.

Maigret stellte amüsiert fest, wie klar Elses Gesichtsausdruck wieder wurde, wie sie einen nach dem anderen in der Runde musterte. Ein hübsches, sehr feines, sehr aufmerksames und plötzlich spitzes Gesicht.

»Was wollten Sie in dem Brunnen?« fragte er in gutmütigem Ton, als ob er sagen wollte: ›Schluß jetzt, ja? Wir beide brauchen uns keine Komödie mehr vorzuspielen.‹

Sie verstand. Ihre Lippen verzogen sich zu einem ironischen Lächeln.

»Ich glaube, wir sitzen wie die Ratten in der Falle«, gab sie zu. »Aber ich habe Hunger, ich habe Durst, ich friere, und ich möchte mich trotz allem ein wenig zurechtmachen. Danach werden wir weitersehen ...«

Sie spielte keine Komödie mehr, im Gegenteil, sie sagte es mit bewundernswerter Sachlichkeit.

Sie stand ganz allein inmitten der Gruppe und ließ sich nicht verwirren, blickte belustigt auf die weinende Madame Michonnet und deren erbärmlichen Mann, wandte sich dann Maigret zu, wobei ihr Blick sagte: ›Die Armen! Wir beide, wir sind vom selben Schlag, nicht wahr? Wir reden nachher miteinander. Sie haben gewonnen! Aber geben Sie zu, daß ich meinen Part gut gespielt habe!‹

Keine Furcht. Auch keine Verlegenheit. Keine Spur von falschem Spiel.

Es war die wahre Else, die endlich zum Vorschein kam und die diese Enthüllung selber genoß.

»Kommen Sie mit mir«, sagte Maigret. »Lucas, du kümmerst dich um den anderen. Die Frau kann nach Hause gehen oder dableiben.«

»Treten Sie ein! Sie stören mich nicht!«

Es war dasselbe Zimmer im ersten Stock, mit dem schwarzen Diwan, dem intensiven Parfumgeruch, dem Versteck hinter dem Aquarellbild. Es war dieselbe Frau.

»Ist Carl wenigstens gut bewacht?« fragte sie mit einer Bewegung des Kinns zum Zimmer des Verletzten. »Er würde nämlich noch wilder werden als Michonnet! Rauchen Sie ruhig Ihre Pfeife.«

Sie goß Wasser in die Schüssel und zog in aller Ruhe ihr

Kleid aus, als wäre es das Natürlichste von der Welt. Sie trug nur noch ihre Unterwäsche, zeigte aber weder Scham, noch war sie provozierend.

Maigret dachte an seinen ersten Besuch im Haus der Drei Witwen, an Else, die wie ein Vamp rätselhaft und distanziert gewesen war, an diese verwirrende und enervierende Atmosphäre, mit der sie sich zu umgeben wußte.

Hatte sie sich nicht total verstellt, als sie von dem Schloß ihrer Eltern erzählte, von den Kindermädchen und Gouvernanten, von der Strenge ihres Vaters?

Damit war jetzt Schluß. Eine Geste war beredsamer als alle Worte: die Art, wie sie ihr Kleid abstreifte und sich im Spiegel betrachtete, bevor sie sich das Gesicht wusch.

Sie war eine einfache, ordinäre, gesunde und gerissene Dirne.

»Geben Sie zu, daß Sie hereingefallen sind?«

»Nicht lange!«

Sie trocknete sich das Gesicht mit dem Zipfel eines Handtuchs ab.

»Sie Angeber! Noch gestern, als Sie hier waren und ich Sie eine Brust sehen ließ, bekamen Sie einen trockenen Hals und gerieten ins Schwitzen. Natürlich, Sie sind ein Mann! Jetzt macht Ihnen das natürlich nichts mehr aus. Und dabei bin ich doch nicht häßlicher geworden.«

Sie reckte sich und fand Gefallen daran, ihren geschmeidigen, kaum verhüllten Körper zu betrachten.

»Unter uns, wie sind Sie hinter die Sache gekommen? Habe ich einen Fehler begangen?«

»Mehrere.«

»Welche?«

»Zum Beispiel den einen, etwas zu oft das Schloß und den Park zu erwähnen. Wenn man wirklich in einem Schloß wohnt, spricht man eher von seinem Haus oder seinem Besitz.«

Sie hatte den Vorhang vor einer Kleiderablage beiseitegeschoben und stand nachdenklich vor ihren Kleidern.

»Sie werden mich natürlich nach Paris mitnehmen. Es werden Fotografen dasein… Was halten Sie von diesem grünen Kleid?«

Sie hielt es vor sich hin, um zu sehen, wie sie darin wirkte.

»Nein. Schwarz steht mir doch am besten! Geben Sie mir bitte mal Feuer?«

Sie lachte, denn trotz allem geriet Maigret, besonders als sie auf ihn zukam, um ihre Zigarette anzuzünden, leicht in Verlegenheit, weil es ihr gelang, eine vage erotische Atmosphäre aufkommen zu lassen.

»Na schön, ich ziehe mich an. Ist schon ulkig, nicht wahr?«

Dank ihres Akzents hatten selbst derbe Worte aus ihrem Mund einen klangvollen Ton.

»Seit wann sind Sie Carl Andersens Geliebte?«

»Ich bin nicht seine Geliebte. Ich bin seine Frau.«

Sie zog einen Lidstrich, legte Rouge auf die Wangen.

»Haben Sie in Dänemark geheiratet?«

»Sie sehen, Sie wissen überhaupt noch nichts. Und verlassen Sie sich nicht darauf, daß ich rede. Das wäre gegen die Spielregeln. Übrigens werden Sie mich nicht lange festhalten können. Wieviel Zeit liegt zwischen der Festnahme und den erkennungsdienstlichen Untersuchungen?«

»Sie werden nachher vorgeführt.«

»Um so schlimmer für Sie! Man wird nämlich feststellen, daß mein richtiger Name Bertha Krull lautet und daß seit etwas mehr als drei Jahren ein Haftbefehl der Kopenhagener Polizei gegen mich vorliegt. Die dänische Regierung wird meine Auslieferung verlangen ... So, ich bin fertig. Wenn Sie erlauben, gehe ich jetzt einen Happen essen. Finden Sie nicht, daß die Luft hier drinnen stickig ist?«

Sie ging zum Fenster und öffnete es. Dann kam sie zur Tür zurück. Maigret ging als erster hinaus. Und plötzlich schlug sie die Tür hinter ihm zu, schob den Riegel vor, und man hörte hastige Schritte zum Fenster hin.

Hätte Maigret zehn Kilo weniger gewogen, wäre sie zweifellos entkommen. Er aber verlor nicht den Bruchteil einer Sekunde. Die Tür war kaum verriegelt, da warf er sich mit seinem ganzen Gewicht gegen das Holz.

Es splitterte gleich beim ersten Anlauf. Die Tür wurde mitsamt dem Schloß aus den Angeln gerissen.

Else saß rittlings auf der Fensterbank. Sie zögerte.

»Zu spät!« sagte er.

Etwas außer Atem machte sie kehrt. Ihre Stirn war feucht.

»Das habe ich davon, daß ich mich so schick angezogen habe«, meinte sie ironisch und deutete auf den Riß in ihrem Kleid.

»Versprechen Sie mir, keinen Fluchtversuch mehr zu unternehmen?«

»Nein!«

»In diesem Fall weise ich Sie darauf hin, daß ich bei der ersten verdächtigen Bewegung schießen werde.«

Und von nun an behielt er seinen Revolver in der Hand.

Als sie an Carls Tür vorbeikamen, fragte sie:

»Glauben Sie, er kommt durch? Er ist von zwei Kugeln getroffen worden, nicht wahr?«

Er beobachtete sie, und es wäre ihm in diesem Augenblick schwergefallen, ein Urteil über sie zu fällen. Dennoch glaubte er in ihrem Gesicht und in ihrer Stimme eine Mischung aus Mitleid und Groll zu erkennen.

»Er hat mit Schuld«, sagte sie, wie um ihr Gewissen zu beruhigen. »Wollen wir sehen, ob noch etwas zu essen im Haus ist…«

Maigret folgte ihr in die Küche, wo sie in den Schränken stöberte und schließlich eine Büchse Langusten herausholte.

»Wollen Sie sie mir nicht aufmachen? Na los schon! Ich verspreche Ihnen, nicht davonzulaufen!«

Es herrschte eine seltsame Herzlichkeit zwischen ihnen, die Maigret durchaus gefiel. Ihr Verhältnis hatte sogar eine gewisse Intimität, die nicht ganz ohne Hintergedanken war.

Else fand Gefallen an diesem sanften dicken Mann, der sie besiegt hatte, dem sie aber, wie ihr bewußt war, durch ihren Schneid imponierte. Er dagegen ließ sich vielleicht ein wenig zu sehr von dieser so außergewöhnlichen Verbundenheit hinreißen.

»Hier… Essen Sie schnell!«

»Geht es schon los?«

»Keine Ahnung.«

»Unter uns, was haben Sie eigentlich herausgefunden?«

»Das spielt jetzt keine Rolle.«

»Nehmen Sie diesen Dummkopf Michonnet auch mit? Er hat mir die meiste Angst eingejagt. Vorhin im Brunnen habe ich wirklich geglaubt, ich würde es nicht überleben. Er hat mich wie ein Irrer angesehen und mir den Hals, so fest er konnte, zugedrückt.«

»Waren Sie seine Geliebte?«

Sie zuckte die Schultern wie ein Mädchen, für das so etwas nun wirklich nicht von Bedeutung ist.

»Und Monsieur Oscar?« drängte er weiter.

»Was soll mit dem sein?«

»Auch ein Liebhaber?«

»Versuchen Sie doch, allein darauf zu kommen. Ich weiß genau, was mich erwartet. Ich werde in Dänemark fünf Jahre absitzen müssen, weil ich an einem bewaffneten Raubüberfall beteiligt war und Widerstand gegen die Polizei leistete. Dabei habe ich auch diese Kugel abbekommen.«

Sie deutete auf ihre rechte Brust.

»Und was das übrige betrifft... sollen die hier sehen, wie sie zurechtkommen.«

»Wo haben Sie Isaac Goldberg kennengelernt?«

»Darauf gehe ich nicht ein.«

»Sie werden wohl reden müssen!«

»Möchte wissen, wie Sie mich dazu bringen wollen.«

Während sie sprach, aß sie ihre Languste, ohne Brot, denn es war keines mehr da. Im Salon hörte man die Schritte eines Polizisten, der auf und ab ging und den in einem Sessel zusammengesunkenen Michonnet bewachte.

Zwei Wagen hielten zur gleichen Zeit vor dem Tor an. Es wurde ihnen geöffnet, die Autos fuhren durch den Park um das Gebäude herum zur Terrasse, und blieben dort stehen.

Im ersten Wagen saßen ein Inspektor, zwei Gendarmen sowie Monsieur Oscar und dessen Frau.

Beim anderen handelte es sich um das Pariser Taxi, in dem ein Inspektor eine dritte Person bewachte.

Allen hatte man Handschellen angelegt, aber keiner schien darüber betroffen zu sein, denn bis auf die Frau des Werkstattbesitzers, die gerötete Augen hatte, machten sie alle fröhliche Gesichter.

Maigret führte Else in den Salon, wo Michonnet gleich wieder versuchte, sich auf sie zu stürzen.

Die Festgenommenen wurden hereingebracht. Monsieur Oscar benahm sich fast so zwanglos wie ein harmloser Bürger, aber als er Else und den Versicherungsagenten sah, verzog er das Gesicht. Der andere, der wie ein Italiener aussah, spielte sich auf:

»Das ist ja ein kleines Familientreffen! Soll hier eine Hochzeit oder eine Testamentseröffnung stattfinden?«

Der Inspektor erklärte Maigret:

»Man kann von Glück sagen, daß wir sie ohne Schießerei geschnappt haben. In Etampes haben wir zwei Gendarmen zusteigen lassen, die alarmiert waren und den Wagen gesehen hatten, ihn aber nicht stoppen konnten. Fünfzig Kilometer vor Orléans platzte am Fluchtauto ein Reifen. Sie hielten mitten auf der Straße an und richteten ihre Revolver auf uns. Der Werkstattbesitzer kam dann als erster zur Vernunft. Es hätte sonst einen regelrechten Kampf gegeben.

Wir gingen auf sie zu. Der Italiener gab zwei Schüsse aus seiner Browning ab, ohne uns aber zu treffen…«

»Hören Sie mal!« fiel Monsieur Oscar dazwischen. »In meinem Haus habe ich Ihnen auch zu trinken angeboten! Ich möchte Ihnen mitteilen, daß man durstig wird ...«

Maigret hatte den gefesselten Mechaniker aus der Werkstatt holen lassen. Der sah sich um, als wollte er sich vergewissern, daß auch alle seine Freunde da waren.

»Stellen Sie sich alle an die Wand!« befahl der Kommissar. »Auf die andere Seite, Michonnet! Es hat keinen Zweck zu versuchen, an Else heranzukommen!«

Der Versicherungsagent warf ihm einen giftigen Blick zu und stellte sich ans äußerste Ende der Reihe. Die Schnurrbartspitzen hingen herab, und seine Augen waren von den Fausthieben angeschwollen.

Neben ihm stand der Mechaniker, dessen Handgelenke immer noch mit dem Elektrokabel gefesselt waren. Dann kam die Frau des Werkstattbesitzers, eine magere, tiefbetrübte Gestalt. Dann der Werkstattbesitzer selbst, dem es sehr unangenehm war, daß er seine Hände nicht in die Taschen seiner zu weiten Hose stecken konnte. Schließlich noch Else und der Italiener, der sich sehr schön vorkommen mußte. Auf seinem Handrücken war eine nackte Frau eintätowiert.

Maigret musterte sie langsam der Reihe nach, und man sah ihm eine gewisse Befriedigung an. Er stopfte eine Pfeife, wandte sich zur Terrasse und befahl, während er die Glastür öffnete:

»Lucas, notiert von jedem den Namen, Vornamen, Beruf und Wohnsitz. Ruft mich, wenn ihr fertig seid.«

Alle sechs standen sie da, und Lucas fragte, auf Else deutend:

»Sollen wir ihr auch Handschellen anlegen?«

»Warum nicht?«

Da stieß sie mit ehrlicher Entrüstung aus:

»Das ist gemein, Kommissar!«

Der Park war ganz in Sonnenlicht getaucht. Tausende von Vögeln zwitscherten. Der Hahn auf dem Turm einer kleinen Dorfkirche am Horizont funkelte, als wäre er aus purem Gold.

10

Die Ermittlung des Mörders

Als Maigret in den Salon zurückkam, durch dessen offenstehende Glastüren die Frühlingsluft hereindrang, beendete Lucas gerade seine Notizen über die persönlichen Daten der Festgenommenen. Die Atmosphäre war der einer Kasernenstube nicht unähnlich.

Die Gefangenen standen wieder an einer Wand, allerdings in einer weniger mustergültigen Ordnung. Mindestens drei von ihnen ließen sich in keiner Weise von der Polizei beeindrucken: Monsieur Oscar, sein Mechaniker Jojo und der Italiener Guido Ferrari.

Monsieur Oscar diktierte Lucas:

»Beruf: Automechaniker. Fügen Sie hinzu: ehemaliger Berufsboxer, Lizenz 1920. 1922 Pariser Meister im Mittelgewicht.«

Zwei weitere Männer wurden von Polizisten hereingebracht. Es waren Arbeiter aus der Werkstatt, die wie jeden Morgen zur Arbeit gekommen waren. Man stellte sie zu den anderen an die Wand. Einer der beiden, der ein wahres Gorillagesicht hatte, fragte mit schleppender Stimme:

»Nun, haben sie uns erwischt?«

Alle redeten durcheinander, wie in einer Schulklasse, wenn der Lehrer nicht da ist. Sie stießen sich mit den Ellbogen in die Seiten und rissen Witze.

Da war eigentlich nur Michonnet, der seine klägliche Miene beibehielt, die Schultern hängen ließ und mürrisch auf den Fußboden starrte.

Else dagegen blickte Maigret fast komplizenhaft an. Hatten sie beide sich nicht ausgezeichnet verstanden? Als Monsieur Oscar einen dummen Witz machte, lächelte sie dem Kommissar flüchtig zu.

Sie stufte sich sozusagen selbst in eine andere Klasse ein.

»Und jetzt ein bißchen Ruhe!« donnerte Maigret in die Runde.

Aber in diesem Augenblick hielt am Fuße der Terrasse ein kleines Auto. Ein elegant gekleideter Mann stieg aus. Er hatte eine geschäftige Miene und trug eine Ledermappe unter dem Arm. Hastig kam er die Stufen herauf, schien erstaunt über die Umgebung, in die er da plötzlich hineingeriet, musterte die Reihe der Männer.

»Der Verwundete?«

»Würdest du dich bitte darum kümmern, Lucas?«

Es war ein berühmter Pariser Chirurg, der für Carl Andersen bestellt worden war. Er machte ein besorgtes Gesicht und verließ auf den Fersen von Inspektor Lucas den Raum.

»Hast du die Fresse des Medizinmannes gesehen?«

Else war die einzige, die nicht darüber lachte. Sie runzelte die Stirn, und das Blau ihrer Augen war ein wenig blasser geworden.

»Ich wollte Ruhe haben!« sagte Maigret mit fester Stimme. »Eure Witze könnt ihr später machen. Ihr scheint zu vergessen, daß mindestens einer von euch die besten Chancen hat, einen Kopf kürzer gemacht zu werden.«

Und sein Blick glitt langsam vom einen Ende der Reihe zum anderen. Seine Bemerkung hatte die erhoffte Wirkung erzielt.

Immer noch schien die Sonne. Es herrschte Frühlingsstimmung. Im Park zwitscherten die Vögel, und auf dem Kiesweg zitterten die Schatten der Bäume.

Im Salon aber spürte man, daß so manche Lippen trokkener geworden waren, daß aus den Blicken das Selbstvertrauen schwand.

Dennoch war Michonnet der einzige, der aufstöhnte, und es kam so unwillkürlich, daß es ihn selber überraschte und er sich verwirrt umsah.

»Ich sehe, ihr habt kapiert!« fuhr Maigret fort und begann, die Hände im Rücken, auf und ab zu gehen. »Wir wollen versuchen, Zeit zu sparen. Wenn wir hier zu keinem Ergebnis kommen, wird das Verhör am Quai des Orfèvres fortgesetzt. Ihr wißt doch wohl, wo das ist, oder?... Gut! Erstes Verbrechen: Isaac Goldberg wird aus nächster Nähe erschossen. Wer hat Goldberg an die Kreuzung der Drei Witwen gebracht?«

Sie schwiegen und sahen sich gegenseitig nicht gerade freundlich an, während man über ihren Köpfen die Schritte des Chirurgen hörte.

»Ich warte! Und ich wiederhole, daß das Verhör im Tour Pointue fortgesetzt wird. Dort wird man sich euch einzeln vornehmen!... Goldberg war in Antwerpen. Er hatte für etwa zwei Millionen Francs Diamanten an den Mann zu bringen. Wer hat dieses Geschäft eingefädelt?«

»Ich war es«, sagte Else. »Ich hatte ihn in Kopenhagen kennengelernt. Ich wußte, daß er auf gestohlenen Schmuck spezialisiert war. Als ich den Bericht über den Einbruch in London las und als die Zeitungen dann schrieben, die Diamanten müßten sich in Antwerpen befinden, ahnte ich, daß es sich um Goldberg handelte. Ich sprach mit Oscar darüber ...«

»Das fängt ja gut an«, brummte dieser.

»Wer hat den Brief an Goldberg geschrieben?«

»Das war sie.«

»Fahren wir fort. Er trifft in der Nacht ein. Wer ist zu diesem Zeitpunkt in der Werkstatt? Und vor allem, wer ist mit dem Mord beauftragt?«

Schweigen. Lucas' Schritte auf der Treppe. Er wandte sich an einen der Polizisten:

»Fahr nach Arpajon und treibe irgendeinen Arzt auf, der dem Professor assistieren kann ... Bring Kampferöl mit! Alles klar?«

Und Lucas ging wieder hinauf, während Maigret mit gerunzelten Brauen seine Herde betrachtete.

»Wir wollen weiter in die Vergangenheit zurückgehen. Ich glaube, das wird einfacher sein. Seit wann bist du als Hehler tätig?«

Er blickte Monsieur Oscar scharf an, den diese Frage weniger in Verlegenheit zu bringen schien als die vorhergehenden.

»Bravo! Sie haben es! Sie geben selbst zu, daß ich nur ein Hehler bin und war!«

Er war ein verdammt guter Schauspieler. Er blickte seine Mitgefangenen der Reihe nach an und gab sich die größte Mühe, ihnen ein Lächeln abzugewinnen.

»Wir, meine Frau und ich, sind beinahe anständige

Leute. Was, mein Täubchen? Es ist ganz einfach: Ich war Boxer. 1925 habe ich meinen Meistertitel verloren, und alles, was man mir geboten hat, war eine Anstellung in einer Jahrmarktsbude. Das war sehr wenig für mich. Wir hatten mit anständigen und weniger anständigen Leuten zu tun, unter anderem mit einem Kerl, den man zwei Jahre später festgenommen hat, der aber zu jener Zeit mit Gaunereien soviel verdiente, wie er wollte.

Ich wollte das auch probieren. Und da ich früher Mechaniker gewesen bin, suchte ich eine Werkstatt. Mein Hintergedanke dabei war, mir Autos, Reifen und anderes Zubehör in Kommission geben zu lassen, das Ganze hintenherum zu verkaufen und dann einfach den Schlüssel stecken zu lassen und zu verschwinden. Ich rechnete damit, so an die vierhunderttausend Francs zu kassieren!

Aber ich kam zu spät. Die großen Firmen prüften alles zweimal, ehe sie Ware in Kommission gaben.

Jemand brachte mir eine gestohlene Karre, die ich umfrisieren sollte. Ein Bursche, den ich in einem Bistro bei der Bastille kennengelernt hatte. Das glaubt ja keiner, wie leicht das ist!

Es hat sich in Paris herumgesprochen. Mein Standort war insofern günstig, als ich kaum Nachbarn hatte. Zehn, zwanzig Autos wurden geliefert. Dann bekam ich einen Wagen – ich sehe ihn noch vor mir – der war vollgestopft mit Tafelsilber, das aus einer Villa in der Umgebung von Bougival gestohlen worden war. Wir versteckten alles. Wir setzten uns in Verbindung mit Trödlern in Etampes, Orléans und sogar in noch entfernteren Orten.

Wir haben uns das zur Gewohnheit gemacht. Es wurde unsere Masche!«

Und er drehte sich zu seinem Mechaniker um:

»Ist er schon hinter den Trick mit den Reifen gekommen?«

»Und ob!« seufzte der andere.

»Weißt du, daß du lächerlich aussiehst mit deinem Elektrokabel? Man meint, du wartest nur darauf, an den Strom angeschlossen zu werden, um dich in einen Lampion zu verwandeln!«

»Isaac Goldberg kam in seinem eigenen Wagen, einem Minerva, hier an«, unterbrach ihn Maigret. »Er wurde erwartet, denn es ging nicht darum, ihm die Diamanten abzukaufen, auch nicht zu einem niedrigen Preis, sondern sie ihm zu stehlen. Und um sie ihm stehlen zu können, mußte er kaltgemacht werden. Es waren also Leute in der Werkstatt oder vielmehr in dem Haus dahinter...«

Absolutes Schweigen! Dies war der wunde Punkt. Wieder musterte Maigret ein Gesicht nach dem anderen, bemerkte zwei Schweißtropfen auf der Stirn des Italieners.

»Du bist der Mörder, nicht wahr?«

»Nein! Es war... es war...«

»Wer war es?«

»Die... die waren es!«

»Er lügt!« brüllte Monsieur Oscar.

»Wer war mit dem Mord beauftragt?«

Und der Werkstattbesitzer warf lässig dahin:

»Der Typ dort oben, wer sonst?«

»Wiederhol das!«

»Der Typ dort oben!«

Aber seine Stimme klang schon nicht mehr so überzeugt.

»Du, komm her!«

Maigret deutete auf Else. Er strahlte die Sicherheit eines Kapellmeisters aus, der die unterschiedlichsten Instrumente dirigiert und dabei doch genau weiß, daß ihr Zusammenspiel vollkommene Harmonie sein wird.

»Bist du in Kopenhagen geboren?«

»Wenn Sie mich duzen, wird man glauben, wir hätten miteinander geschlafen.«

»Antworte!«

»In Hamburg.«

»Was war dein Vater?«

»Hafenarbeiter.«

»Lebt er noch?«

Ein Schauer überlief sie von Kopf bis Fuß. Sie sah sich mit einem betrübt-stolzen Blick nach ihren Kompagnons um.

»Er ist in Düsseldorf hingerichtet worden.«

»Deine Mutter?«

»Eine Säuferin.«

»Was hast du in Kopenhagen gemacht?«

»Ich war die Geliebte eines Matrosen... Hans. Ein gutaussehener Kerl, den ich in Hamburg kennengelernt hatte und der mich mitgenommen hat. Er war Mitglied einer Verbrecherbande. Eines Tages wurde beschlossen, in eine Bank einzubrechen. Alles war vorbereitet. In einer Nacht sollten wir um Millionen reicher sein! Ich stand Schmiere. Aber es muß uns jemand verraten haben, denn als die Männer drinnen den Panzerschrank knacken wollten, umzingelte uns die Polizei.

Es war Nacht. Man sah nichts. Wir wurden auseinandergesprengt. Schüsse fielen. Schreie. Sie waren hinter uns her. Ich wurde in die Brust getroffen, und ich rannte los. Zwei Polizisten schnappten mich. Den einen habe ich gebissen, den anderen so in den Bauch getreten, daß er mich loslassen mußte.

Aber sie waren mir immer noch auf den Fersen. Da sah ich eine Parkmauer. Ich schwang mich hinauf und ließ mich auf der anderen Seite buchstäblich hinunterfallen. Als ich wieder zu mir kam, stand ein großer junger Mann vor mir. Sehr schick angezogen, ein Junge aus besseren Kreisen. Er sah mich bestürzt und zugleich mitleidig an...«

»Andersen?«

»Das ist nicht sein richtiger Name. Er wird ihn Ihnen nennen, wenn ihm das paßt. Ein sehr bekannter Name. Leute, die bei Hofe verkehren, die die eine Hälfte des Jahres in einem der schönsten Schlösser Dänemarks verbringen und die andere Hälfte in einem Herrschaftshaus mit einem Park, der so groß wie ein ganzes Stadtviertel ist.«

Ein Inspektor trat in Begleitung eines leicht hinkenden kleinen Mannes ein. Es war der vom Chirurgen angeforderte Arzt. Er zuckte zusammen, als er diese merkwürdige Versammlung und vor allem die vielen Handschellen sah. Man führte ihn rasch in den ersten Stock hinauf.

»Danach...«

Monsieur Oscar lächelte hämisch. Else warf ihm einen wütenden, fast gehässigen Blick zu.

»Das können die nicht verstehen«, murmelte sie. »Carl hat mich im Haus seiner Eltern versteckt und mich gemeinsam mit einem Freund, der Medizin studierte, gepflegt. Sein Auge hatte er schon damals verloren gehabt. Es war bei einem Flugzeugunglück geschehen. Er trug ein schwarzes Monokel. Ich glaube, er hielt sich für alle Zeiten entstellt. Er war überzeugt, daß keine Frau ihn je lieben könnte, daß der Anblick der Narben und seines künstlichen Auges für jede abstoßend sein müßte…«

»Hat er dich geliebt?«

»Nicht direkt. Ich habe das nicht gleich verstanden. Und die da…«, sie deutete auf ihre Komplizen, »werden es nie begreifen. Die Familie war protestantisch. Am Anfang dachte Carl hauptsächlich daran, eine Seele zu retten, wie er sagte. Er hielt mir lange Vorträge. Er las mir aus der Bibel vor. Gleichzeitig hatte er Angst vor seinen Eltern. Eines Tages dann, als ich einigermaßen wiederhergestellt war, küßte er mich plötzlich auf den Mund und lief gleich darauf davon. Ich bekam ihn fast eine Woche lang nicht zu sehen. Das heißt, ich konnte durch das Dachfenster des Mädchenzimmers, in dem ich versteckt war, beobachten, wie er stundenlang mit gesenktem Kopf und sichtlich erregt durch den Park spazierte…«

Monsieur Oscar schlug sich vor Vergnügen auf die Schenkel.

»Das ist schön wie ein Roman!« rief er aus. »Erzähl weiter, meine Puppe!«

»Das ist alles. Als er wieder zu mir kam, teilte er mir mit, er wolle mich heiraten, daß dies in seiner Heimat aber nicht möglich sei und wir deshalb ins Ausland gehen müßten. Er behauptete, er habe endlich den Sinn des Lebens verstanden und ein Ziel vor Augen, anstatt länger ein unnützes Wesen zu bleiben. Und so weiter…«

Ihr Akzent klang wieder ordinär.

»Wir heirateten in Holland unter dem Namen Andersen. Ich fand es lustig. Ich glaube sogar, ich bin ganz gut dabei weggekommen... Er erzählte mir verblüffende Dinge. Er bestimmte, wie ich mich kleiden sollte, brachte mir Tischmanieren bei, half mir, meinen Akzent zu verlieren. Er gab mir Bücher zu lesen, besuchte Museen mit mir...«

»Hör mal, mein Täubchen«, meinte der Werkstattbesitzer zu seiner Frau, »wenn wir unsere Strafe abgesessen haben, wollen wir auch Museen besuchen, ja? Wir werden händchenhaltend und entzückt die Mona Lisa betrachten!«

»Wir sind hierher gezogen«, fuhr Else redselig fort, »weil Carl immer noch fürchtete, einem meiner ehemaligen Komplizen zu begegnen. Er mußte unseren Lebensunterhalt verdienen, denn er hatte auf das Geld seiner Eltern verzichtet. Damit man uns nicht so leicht auf die Spur kam, gab er mich als seine Schwester aus. Aber er machte sich nach wie vor Sorgen. Wenn am Tor geklingelt wurde, zuckte er jedesmal zusammen. Hans war es nämlich gelungen, aus dem Gefängnis auszubrechen. Wer weiß, was aus ihm geworden ist... Carl liebt mich, das steht fest.«

»Und dennoch...«, sagte Maigret grübelnd.

Aggressiv fuhr sie fort:

»Ich möchte Sie einmal in einer solchen Lage sehen! Diese Einsamkeit die ganze Zeit! Nichts als Gespräche über die Güte, die Schönheit, die Errettung einer Seele, über die Hingabe an Gott, über das Schicksal der Menschheit. Und Lektionen in feinem Benehmen. Wenn er wegging, schloß er mich ein, angeblich um mich vor der Versuchung zu bewahren. In Wirklichkeit war er sehr eifersüchtig. Und dementsprechend leidenschaftlich!«

»Da soll noch einer behaupten, ich hätte keinen Scharfblick!« meinte Monsieur Oscar.

»Was haben Sie getan?« fragte ihn Maigret.

»Ich habe sie aufs Korn genommen! Es war kinderleicht! Ich habe gleich gemerkt, daß ihr ganzes Getue gespielt war. Eine Zeitlang habe ich mich sogar gefragt, ob der Däne nicht auch ein Ganove ist. Aber ich habe mich dann nur vor ihm in acht genommen und mich lieber um das Mädchen gekümmert... Reg dich nicht auf, Schätzchen! Du weißt, ich bin letztlich immer wieder zu dir zurückgekommen. Das alles waren geschäftliche Dinge... Ich bin um das Haus herumgestrichen, wenn das Einauge nicht da war. Eines Tages haben wir uns durchs Fenster unterhalten, denn die Mamsell war eingesperrt. Sie hat gleich gesehen, woran sie mit mir war. Ich habe ihr ein Stück Wachs zugeworfen, damit sie einen Abdruck von ihrem Türschloß machen konnte. Im Monat darauf haben wir uns im hintersten Winkel des Parks getroffen und über Geschäfte geredet. Wir haben uns gleich verstanden. Sie hatte ihren Adligen satt. Sie sehnte sich nach ihrem *Milieu*, sozusagen...«

»Und von da an«, sagte Maigret langsam, »sind Sie, Else, dazu übergegangen, Carl Andersen jeden Abend Veronal in die Suppe zu geben.«

»Ja.«

»Und Sie haben sich mit Oscar getroffen?«

Die Frau des Werkstattbesitzers unterdrückte ein Schluchzen. Ihre Augen waren gerötet.

»Die haben mich belogen, Kommissar! Am Anfang behauptete mein Mann, es sei reine Kameradschaft und eine gute Tat, ihr aus ihrem Loch herauszuhelfen. Er nahm uns abends beide mit nach Paris. Wir feierten mit Freunden. Ich hatte von allem keine Ahnung, bis ich sie eines Tages erwischte.«

»Na und? Ein Mann ist schließlich kein Mönch! Sie welkte dahin, die Arme.«

Else schwieg. Sie sah betrübt vor sich hin, schien sich nicht wohl in ihrer Haut zu fühlen.

Lucas kam plötzlich herunter.

»Ist Brennspiritus im Haus?«

»Wofür?«

»Um die Instrumente zu desinfizieren.«

Else eilte in die Küche, klirrte mit Flaschen.

»Hier!« sagte sie. »Werden sie ihn retten? Leidet er?«

»Schweinerei!« stieß Michonnet zwischen den Zähnen hervor, der seit Beginn dieser Untersuchung erschöpft geschwiegen hatte.

Maigret blickte ihn an, wandte sich an den Werkstattbesitzer:

»Und was ist mit dem?«

»Haben Sie noch nicht kapiert?«

»Beinahe. An der Kreuzung stehen drei Häuser. Jede Nacht herrschte ein merkwürdiges Kommen und Gehen. Lastwagen, die Gemüse nach Paris gefahren hatten, kamen mit Diebesgut zurück. Wegen des Hauses der Drei Witwen brauchten Sie sich keine Sorgen zu machen. Aber da war noch die Villa.

Außerdem fehlte Ihnen ein seriöser Mann, der gewisse Dinge in der Provinz absetzen konnte.

Hatte Else den Auftrag, Michonnet zu *überzeugen?*«

»Sie brauchte ihm nicht einmal schöne Augen zu machen. Er war ganz hingerissen von ihr. Eines Abends brachte sie ihn mit zu uns. Alles weitere besorgte dann der Champagner. Ein andermal nahmen wir ihn nach Paris mit, und wir feierten eines unserer tollsten Feste, während seine Frau glaubte, er sei geschäftlich unterwegs ... Er war reif! Er bekam seine Aufgabe zugeteilt. Am schönsten war, daß er tatsächlich glaubte, was Else ihm vormachte, und eifersüchtig wie ein Pennäler wurde ... Ist das nicht zum Totlachen? Der mit seiner Kassierervisage!«

Ein undefinierbares Geräusch klang von oben herab, und Maigret sah, wie Else kreideweiß wurde und die Ohren spitzte, während sie jedes Interesse an dem Verhör verlor.

Man hörte die Stimme des Chirurgen:

»Haltet ihn fest!«

Über den hellen Kiesweg im Park hüpften zwei Spatzen.

Maigret stopfte seine Pfeife und blickte die Gefangenen noch einmal nacheinander an.

»Bleibt nur noch zu erfahren, wer getötet hat ... Ruhe!«

»Für meine Hehlerei riskiere ich nur ...«

Der Werkstattbesitzer verstummte, als der Kommissar eine ungeduldige Bewegung machte.

»Else schließt aus Zeitungsberichten, daß der in London gestohlene Schmuck im Wert von zwei Millionen vermutlich im Besitz Isaac Goldbergs ist, den sie kennengelernt hat, als sie noch zu der Kopenhagener Bande gehörte. Sie schreibt ihm, bittet ihn um ein Treffen in der Werkstatt und verspricht ihm, die Diamanten zu einem guten Preis zu kaufen. Goldberg, der sich an sie erinnert, wird nicht mißtrauisch und kommt in seinem Wagen.

In der Wohnung wird Champagner getrunken. Alle sind eingeweiht. Mit anderen Worten, die ganze Bande ist versammelt. Die Schwierigkeit liegt darin, die Leiche nach dem Mord loszuwerden.

Michonnet ist gewiß nervös, denn es ist das erstemal, daß er an einem richtigen Verbrechen beteiligt ist. Aber wahrscheinlich wurde ihm mehr zu trinken eingeschenkt als den anderen.

Oscar ist bestimmt der Meinung, die Leiche müsse nur in einem nicht allzu nahegelegenen Graben landen.

Doch da hat Else eine Idee… Ruhe!… Sie hat es satt, tagsüber eingesperrt zu sein und nachts Verstecken spielen zu müssen. Sie hat genug von den Vorträgen über die Tugend, Güte und Schönheit. Und sie hat auch genug von dem kärglichen Leben, genug davon, jeden Pfennig zweimal umdrehen zu müssen…

So hat sie Carl Andersen allmählich hassen gelernt. Aber sie weiß, seine Liebe zu ihr ist groß genug, daß er sie eher töten würde, als sie freizugeben.

Sie trinkt! Sie spielt sich auf! Sie hat eine großartige Idee! Das Verbrechen soll Carl in die Schuhe geschoben werden! Carl, der sie nicht einmal verdächtigen wird, so blind ist er in seiner Liebe…

Ist es so, Else?«

Zum erstenmal wandte sie den Kopf ab.

»Der umgespritzte Minerva wird weit weg von hier wiederverkauft oder einfach abgestellt. All die wahren Schuldigen müssen vor jedem Verdacht bewahrt werden.

Michonnet hat die meiste Angst. Also wird beschlossen, sein Auto zu nehmen, das wohl beste Mittel, um ihm zu einer weißen Weste zu verhelfen. Er wird als erster Anzeige erstatten, wird wegen seines verschwundenen Sechszylinders Lärm schlagen. Aber die Polizei soll die Leiche ja bei Carl finden. Und so kommt man auf den Gedanken, die Autos zu vertauschen.

Die Leiche wird an das Steuer des Sechszylinders gesetzt. Andersen, von den Tabletten betäubt, schläft tief wie jede Nacht. Man fährt den Wagen in seine Garage. Und den kleinen 5 CV stellt man in Michonnets Schuppen.

Die Polizei wird nicht schlau daraus! Und es kommt noch besser! Der allzu reservierte Carl Andersen gilt in der Gegend als halb verrückt. Die Bauern lassen sich von seinem schwarzen Monokel abschrecken...

Man wird ihn beschuldigen! Und alles an dieser Geschichte ist so bizarr, daß es zu seinem Ruf und seiner Erscheinung durchaus paßt. Und würde er sich im Gefängnis nicht sowieso umbringen, um den Skandal zu vermeiden, der auf seine Familie zurückfiele, wenn seine wahre Identität aufgedeckt würde?«

Der kleine Arzt aus Arpajon steckte den Kopf durch den Türspalt.

»Wir brauchen noch einen Mann, um ihn festzuhalten. Wir haben ihn nicht betäuben können.«

Er tat sehr geschäftig, war hochrot im Gesicht. Im Park stand noch ein Polizist.

»Gehen Sie hinauf!« rief ihm Maigret zu.

Und genau in diesem Augenblick bekam er einen Schlag gegen die Brust.

11

Else

Es war Else, die sich auf ihn gestürzt hatte, die krampfartig schluchzte und kläglich stammelte:

»Ich will nicht, daß er stirbt! Hören Sie? Ich... Es ist furchtbar!«

Es war so ergreifend, und man spürte so sehr Elses Aufrichtigkeit, daß die anderen, die Männer, die an der Wand aufgereiht waren, ihre Galgengesichter weder zu einem Grinsen noch zu einem Lächeln verzogen.

»Lassen Sie mich nach oben gehen. Ich flehe Sie an! Sie können nicht verstehen...«

Aber nein. Maigret stieß sie zurück. Sie warf sich in jenen dunklen Sessel, in dem er sie bei seinem ersten Besuch angetroffen hatte, als sie ihm in ihrem hochgeschlossenen schwarzen Samtkleid so rätselhaft erschienen war.

»Ich komme zum Schluß. Michonnet hat seine Rolle wunderbar gespielt. Sie fiel ihm um so leichter, weil es darum ging, als lächerlicher Kleinbürger aufzutreten, der in diesem blutigen Drama nur an seinen Sechszylinder denkt. Die Untersuchung beginnt. Carl Andersen wird festgenommen. Der Zufall aber will, daß er sich nicht umbringt, daß er sogar wieder freigelassen wird...

Nicht einen Augenblick lang hat er seine Frau verdächtigt. Er wird sie nicht verdächtigen. Er würde sogar für sie eintreten, wenn ihre Schuld feststünde.

Aber da kündigt sich Madame Goldberg an. Sie trifft ein. Sie weiß vielleicht, wer ihren Mann in diese Falle gelockt hat, und wird reden...

Derselbe Mann, der den Diamantenhändler getötet hat, lauert ihr auf.«

Er blickte einen nach dem anderen an und fuhr dann hastiger fort, als ob er schnell zum Schluß kommen wollte:

»Der Mörder hat Carls Stiefel angezogen, damit man sie hier mit dem Schmutz vom Feld findet. Ein zu deutliches Indiz! Aber die Schuld muß unbedingt dem Dänen zugeschoben werden, andernfalls wird es nicht lange dauern, bis die wahren Mörder entlarvt sind... Panik entsteht.

Andersen muß nach Paris fahren, denn er braucht Geld. Wiederum derselbe Mann, der die beiden ersten Morde beging, paßt ihn auf der Straße ab, gibt sich als Polizist aus und steigt neben ihn in den Wagen.

Nicht Else hat sich das ausgedacht... Ich denke dabei vielmehr an Oscar...

Und was bekommt Andersen erzählt? Daß er über die Grenze gebracht werden soll? Oder daß er jemandem in irgendeiner Stadt im Norden gegenübergestellt wird?

Man läßt ihn Paris durchqueren. Die Straße nach Compiègne ist von dichten Wäldern gesäumt. Der Mörder drückt ab, wieder einmal aus nächster Nähe. Wahrscheinlich hört er hinter sich einen Wagen kommen. Er beeilt sich. Er wirft den Mann in den Straßengraben. Auf der Rückfahrt will er ihn dann besser verstecken.

Am dringlichsten ist es, jeden Verdacht von sich abzulenken. Es gelingt. Andersens Wagen wird wenige hundert Meter vor der belgischen Grenze verlassen aufgefunden.

Die Polizei kommt zu dem fatalen Schluß: Er hat sich ins Ausland abgesetzt. Demnach ist er schuldig.

Der Mörder fährt mit einem anderen Auto zurück. Das Opfer liegt nicht mehr im Straßengraben. Die Spuren lassen vermuten, daß er noch lebt.

Der Mörder setzt Monsieur Oscar telefonisch von Paris aus in Kenntnis. Er lehnt es ab, in eine Gegend zurückzukehren, in der es von Polizisten wimmelt.

Carls Liebe zu seiner Frau ist zur Legende geworden. Lebt er, wird er zurückkehren. Kommt er zurück, wird er vielleicht reden...

Die Sache muß zu einem Abschluß gebracht werden. Aber keiner ist kaltblütig genug. Monsieur Oscar hat keine Lust, selbst Hand anzulegen.

Ist das nicht der Augenblick, Michonnet einzusetzen? Michonnet, der alles seiner Liebe zu Else geopfert hat und der sich überreden lassen wird, zum letzten Schlag auszuholen.

Der Plan wird sorgfältig einstudiert. Monsieur Oscar und seine Frau fahren nach Paris. Sie tun es ganz offenkundig und geben genau an, wo sie überall sein werden.

Monsieur Michonnet läßt mich zu sich kommen, um mir zu zeigen, daß die Gicht ihn an seinen Sessel fesselt.

Er hat bestimmt Kriminalromane gelesen. Er wendet für dieses Vorhaben die gleichen Tricks an wie bei seinen Versicherungsgeschäften.

Kaum bin ich wieder weg, da wird an seiner Stelle ein Besenstiel mit einer Kugel aus Lappen in den Sessel gesetzt.

Die Inszenierung ist perfekt. Von draußen ist die Täuschung vollkommen. Und die in Angst und Schrecken versetzte Madame Michonnet erklärt sich bereit, ihre Rolle in der Komödie zu spielen, indem sie hinter dem Vorhang so tut, als pflege sie den Kranken.

Sie weiß, daß eine Frau im Spiel ist. Auch sie ist eifersüchtig. Aber sie will ihren Mann trotz allem retten, weil sie immer noch hofft, daß er zu ihr zurückkehren wird.

Sie irrt sich nicht. Michonnet hat gemerkt, daß er zum Narren gehalten worden ist. Er weiß nicht mehr, ob er Else liebt oder haßt, aber eines weiß er, daß er sie töten wird!

Er kennt das Haus, den Park, alle Ausgänge. Vielleicht ist ihm auch bekannt, daß Else die Gewohnheit hat, abends Bier zu trinken.

Er vergiftet den Inhalt der Flasche in der Küche und wartet dann draußen auf Carls Rückkehr.

Er schießt. Er ist am Ende. Überall sind Polizisten. Da versteckt er sich im Brunnen, der seit langem ausgetrocknet ist.

Das ist erst wenige Stunden her. Während dieser Zeit hat Madame Michonnet ihre Rolle spielen müssen. Sie hatte einen Auftrag: Sobald in der Nähe der Werkstatt etwas Ungewöhnliches geschieht, soll sie in der Chope-Saint-Martin in Paris anrufen.

Nun, ich bin in der Werkstatt. Sie hat mich hineingehen sehen. Ich gebe mehrere Schüsse ab.

Das unbeleuchtete Fenster ist das Zeichen für die Komplizen in den Autos, nicht anzuhalten.

Der Anruf erfolgt. Monsieur Oscar, seine Frau und Guido, der sie begleitet, springen in einen Wagen, brausen vorüber und versuchen, mich zu erschießen, mich, der ich wahrscheinlich der einzige bin, der etwas weiß.

Sie fliehen in Richtung Etampes und Orléans. Warum, da sie doch auf einer anderen Straße in eine andere Richtung hätten fahren können?

Weil auf dieser Straße gerade ein Lastwagen fährt, dem der Mechaniker ein Ersatzrad aufmontiert hat. *Und in diesem Rad sind die Diamanten!*

Es gilt, diesen Lastwagen einzuholen und erst dann, mit vollen Taschen, zur Grenze zu fahren.

Ist das alles? Ich frage nicht euch! Ruhe!... Michonnet ist in seinem Brunnen. Else, die sich im Park auskennt, ahnt, daß er sich dort versteckt. Sie weiß, daß er es war, der versucht hat, sie zu vergiften. Sie macht sich keine Illusionen über den guten Mann. Einmal verhaftet, wird er reden. Also beschließt sie, ihn umzubringen.

Ist sie irgendwie gestolpert? Jedenfalls befindet sie sich plötzlich bei ihm im Brunnen. Sie hat einen Revolver in der Hand. Aber er hat sie an der Kehle gepackt und umklammert mit der anderen Hand ihr Handgelenk. Der Kampf geht in der Dunkelheit weiter. Ein Schuß geht los. Else schreit gegen ihren Willen, weil sie Angst hat zu sterben...«

Er zündete ein Streichholz an und hielt die Flamme an seine Pfeife, die ausgegangen war.

»Was sagen Sie dazu, Monsieur Oscar?«

Dieser runzelte die Stirn.

»Ich werde mich verteidigen. Ich sage nichts... Oder vielmehr, ich behaupte, lediglich ein Hehler zu sein.«

»Das ist nicht wahr!« schrie neben ihm Guido Ferrari.

»Sehr gut! Auf dich habe ich gerade gewartet, mein Kleiner! Denn du hast geschossen! Alle drei Mal! Erst auf Goldberg, dann auf dessen Frau und schließlich, im Auto, auf Carl... Aber ja doch! Du siehst ganz nach einem professionellen Mörder aus.«

»Das stimmt nicht!«

»Nun mal sachte!«

»Das ist nicht wahr! Es stimmt nicht... Ich will nicht...«

»Du kämpfst um deinen Kopf, aber Carl Andersen wird dich später wiedererkennen. Und die anderen werden dich fallenlassen. Sie riskieren nur das Kittchen.«

Da richtete sich Guido auf und zeigte haßerfüllt mit dem Finger auf Monsieur Oscar.

»Der da hat befohlen!«

»Verflucht noch mal!«

Maigret konnte nicht mehr dazwischengreifen, als der Werkstattbesitzer seine in Handschellen gelegten Fäuste erhob und sie auf den Kopf des Italieners niedersausen ließ, während er brüllte:

»Du Lump! Das wirst du mir büßen!«

Beide mußten das Gleichgewicht verloren haben, denn sie rollten auf den Fußboden, wo sie ihren gehässigen Kampf fortführten, obwohl sie sich kaum bewegen konnten.

In diesem Augenblick kam der Chirurg herunter.

Er trug hellgraue Handschuhe und einen ebensolchen Hut.

»Pardon... Man sagte mir, der Kommissar sei hier?«

»Das bin ich.«

»Es geht um den Verletzten. Ich glaube, er ist gerettet, aber er braucht absolute Ruhe. Ich hatte vorgeschlagen, ihn in meine Klinik bringen zu lassen. Dies scheint nicht möglich zu sein. In höchstens einer halben Stunde wird er wieder zu sich kommen, und es wäre wünschenswert, daß ...«

Ein Aufschrei. Der Italiener biß mit aller Kraft in die Nase des Werkstattbesitzers, und dessen Frau stürzte auf Maigret zu.

»Schnell! Sehen Sie!«

Man brachte sie mit Fußtritten auseinander, während der Chirurg mit angewiderter Miene und Distanz wahrend zu seinem Wagen ging und den Motor anwarf.

Michonnet weinte stumm in seiner Ecke und vermied es, um sich zu blicken.

Inspektor Grandjean kam herein und meldete:

»Die Grüne Minna ist da.«

Einer nach dem anderen wurde hinausgestoßen. Das Grinsen war ihnen vergangen, und sie dachten nicht mehr daran, sich aufzuspielen. Vor dem Gefangenentransporter hätte es zwischen dem Italiener und dem ihm am nächsten Stehenden, einem Mechaniker aus der Werkstatt, beinahe einen neuen Kampf gegeben.

»Räuber! Gesindel!« schrie der Italiener verrückt vor Angst. »Nicht einmal die vereinbarte Summe habe ich bekommen!«

Else war die letzte. Als sie widerwillig durch die Glastür auf die sonnenbeschienene Terrasse ging, hielt Maigret sie mit zwei Worten auf:

»Und nun?«

Sie drehte sich zu ihm um und blickte zur Decke hinauf, über der das Zimmer war, in dem Carl lag.

Man hätte nicht zu sagen vermocht, ob sie erneut gerührt war oder zu fluchen beginnen würde.

»Was wollen Sie? Es war auch seine Schuld«, sagte sie mit ihrer natürlichsten Stimme.

Ein ziemlich langes Schweigen folgte. Maigret sah ihr fest in die Augen.

»Im Grunde... Nein! Ich will nicht schlecht von ihm reden...«

»Sagen Sie's schon!«

»Sie wissen es genau. Es ist seine Schuld. Er ist fast ein Besessener. Als er erfuhr, daß mein Vater ein Dieb war, daß ich einer Verbrecherbande angehörte, war er ganz durcheinander. Nur deshalb hat er mich geliebt. Und wenn ich die brave junge Frau geworden wäre, die er aus mir machen wollte, hätte er das bald langweilig gefunden und mich sitzenlassen.«

Sie wandte den Kopf ab und fügte leise, wie beschämt, hinzu:

»Trotzdem möchte ich nicht, daß ihm etwas zustößt. Er ist... wie soll ich sagen... er ist ein netter Kerl... ein bißchen bekloppt...«

Und sie schloß mit einem Lächeln:

»Ich vermute, ich werde Sie wiedersehen!«

»Guido ist wirklich der Mörder, nicht wahr?«

Die Frage war zuviel. Sie verfiel wieder in ihren Dirnenjargon:

»Darauf falle ich nicht herein!«

Maigret blickte ihr nach, bis sie in die Grüne Minna

stieg. Er sah, wie sie das Haus der Drei Witwen noch einmal betrachtete, die Schultern zuckte und dem Gendarmen, der sie hineinschubste, einen Scherz zurief.

»Man könnte es den Fall der drei Fehler nennen«, sagte Maigret zu Lucas, der neben ihm stand.

»Welche Fehler?«

»Zuerst Elses Fehler, die das Bild mit der Schneelandschaft geraderückt, im Erdgeschoß raucht und den Plattenspieler in ihr Zimmer hinaufschafft, *in das sie angeblich eingesperrt ist*, und die, als sie sich in Gefahr fühlt, Carl bezichtigt, wobei sie so tut, als verteidige sie ihn.

Zweiter Fehler: Der Versicherungsagent bittet mich zu sich, um mir zu zeigen, daß er die ganze Nacht an seinem Fenster verbringen wird.

Dritter Fehler: Der Mechaniker Jojo, der mich plötzlich sieht und fürchten muß, daß alles aufgedeckt wird, gibt dem Lastwagenfahrer ein zu *kleines* Ersatzrad mit, das die Diamanten enthält.

Ohne das…«

»Ohne was?«

»Nun, wenn eine Frau wie Else mit einer solchen Perfektion lügt, daß sie am Ende selbst glaubt, was sie erzählt…«

»Ich hatte es Ihnen gesagt!«

»Ja. Sie hätte etwas Besonderes werden können. Wenn ihre alte Leidenschaft nicht immer wieder aufgeflammt wäre… wie Rufe aus dem Untergrund…«

Carl Andersen schwebte fast einen Monat lang zwischen Leben und Tod, und seine Familie, die man benachrichtigt hatte, holte ihn in seine Heimat zurück und brachte ihn in einem Sanatorium unter, das einer Irrenanstalt sehr ähnlich war. So erschien er also nicht auf der Zeugenbank, als in Paris der Prozeß geführt wurde.

Gegen alle Erwartung wurde eine Auslieferung Elses abgelehnt, und sie mußte zunächst eine Strafe von drei Jahren in Frankreich, im Saint-Lazare-Gefängnis, verbüßen.

Dort im Sprechzimmer traf Maigret drei Monate später Andersen, der mit dem Direktor diskutierte, seine Heiratsurkunde vorlegte und die Genehmigung forderte, die Verurteilte sehen zu dürfen.

Er hatte sich kaum verändert. Er trug immer noch ein schwarzes Monokel. Lediglich seine rechte Schulter war ein wenig steifer geworden.

Als er den Kommissar erkannte, wandte er verlegen den Kopf ab.

»Haben Ihre Eltern Sie wegreisen lassen?«

»Meine Mutter ist gestorben. Ich habe geerbt.«

Es war also seine Limousine, die fünfzig Meter vor dem Gefängnis parkte und von einem livrierten Chauffeur gesteuert wurde.

»Und Sie wollen trotz allem nicht von ihr lassen?«

»Ich werde mich in Paris niederlassen.«

»Um sie besuchen zu können?«

»Sie ist meine Frau.«

Mit seinem einen Auge forschte er in Maigrets Gesicht, fürchtete, darin Ironie oder Mitleid zu finden.

Der Kommissar aber drückte ihm nur die Hand.

Zur gleichen Zeit trafen im Hauptgebäude des Gefängnisses von Melun zwei Frauen zur Besucherstunde ein, die wie unzertrennliche Freundinnen wirkten.

»Er ist kein schlechter Kerl!« sagte Oscars Frau. »Er ist sogar zu gut, zu großzügig. Den Kellnern im Café gibt er zwanzig Francs Trinkgeld! Das hat ihn zugrunde gerichtet. Das und die Frauen.«

»Mein Mann«, sagte Madame Michonnet, »hätte, bevor er dieses Weib kennenlernte, keinen seiner Kunden auch nur um einen Centime betrogen… Aber letzte Woche hat er mir geschworen, daß er nicht einmal mehr an sie denkt.«

In seiner Todeszelle verbrachte Guido Ferrari seine Zeit damit, auf das Erscheinen seines Anwalts zu warten, der ihm seine Begnadigung mitteilen würde. Doch eines Morgens kamen fünf Männer. Er schrie und wehrte sich mit Händen und Füßen, als sie ihn abführten.

Er lehnte die Zigarette und das Glas Rum ab und spuckte vor dem Gefängnisgeistlichen aus.

Château de la Minaudière, La Ferté-Alais, April 1931

Georges Simenon in der Diogenes Neuedition

Seit 1977 betreut der Diogenes Verlag das Gesamtwerk Georges Simenons in einer Werkausgabe. Im Laufe der Jahre erschienen über 200 Bände. Seit 1995 werden Simenons Werke im Rahmen einer Neuedition in zum Teil neuen oder überarbeiteten Übersetzungen wieder aufgelegt.

»Allmählich gibt es wieder Simenon zu kaufen, und gerade wer ihn noch nicht kennt, der hat jetzt die Möglichkeit, sich Zug um Zug und auf ganz übersichtliche Weise in Simenon einzulesen.«
Rolf Vollmann / Südwestfunk, Baden-Baden

Im Rahmen der Neuedition bisher erschienen:
(Stand Sommer/Herbst 1998)

Romane

Bellas Tod
Roman. Aus dem Französischen von Elisabeth Serelmann-Küchler

Drei Zimmer in Manhattan
Roman. Deutsch von Linde Birk

Der große Bob
Roman. Deutsch von Linde Birk

Die Wahrheit über Bébé Donge
Roman. Deutsch von Renate Nickel

Der Mann, der den Zügen nachsah
Roman. Deutsch von Walter Schürenberg

Der Mörder
Roman. Deutsch von Lothar Baier

Der kleine Heilige
Roman. Deutsch von Trude Fein

Antoine und Julie
Roman. Deutsch von Eugen Helmlé

45 Grad im Schatten
Roman. Deutsch von Angela von Hagen

Der Schnee war schmutzig
Roman. Deutsch von Willi A. Koch

Der Tod des Auguste Mature
Roman. Deutsch von Anneliese Botond

Die Witwe Couderc
Roman. Deutsch von Hanns Grössel

Die Verlobung des Monsieur Hire
Roman. Deutsch von Linde Birk

Tropenkoller
Roman. Deutsch von Annerose Melter

Der Zug aus Venedig
Roman. Deutsch von Liselotte Julius

Die Glocken von Bicêtre
Roman. Deutsch von Magda Kurz

Die Fantome des Hutmachers
Roman. Deutsch von Eugen Helmlé

Der Mann mit dem kleinen Hund
Roman. Deutsch von Stefanie Weiss

Die Komplizen
Roman. Deutsch von Stéfanie Weiss

Wellenschlag
Roman. Deutsch von Ulrich Hartmann

Maigret-Romane und -Erzählungen

Maigret und die alte Dame
Roman. Deutsch von Renate Nickel

Maigret und die junge Tote
Roman. Deutsch von Raymond Regh

Maigret als möblierter Herr
Roman. Deutsch von Wolfram Schäfer

Maigret und die Keller des ›Majestic‹
Roman. Deutsch von Linde Birk

Maigret zögert
Roman. Deutsch von Annerose Melter

Maigret und der verstorbene Monsieur Gallet
Roman. Deutsch von Roswitha Plancherel

Weihnachten mit Maigret
Erzählung. Deutsch von Hans-Joachim Hartstein

Maigret bei den Flamen
Roman. Deutsch von Claus Sprick

Maigret und die Bohnenstange
Roman. Deutsch von Guy Montag

Maigrets erste Untersuchung
Roman. Deutsch von Roswitha Plancherel

Maigret und der Mann auf der Bank
Roman. Deutsch von Annerose Melter

Maigret und der Gehängte von Saint-Pholien
Roman. Deutsch von Sibylle Powell

Maigret und der Verrückte von Bergerac
Roman. Deutsch von Hainer Kober

Maigrets Nacht an der Kreuzung
Roman. Deutsch von Annerose Melter

Biographisches

Als ich alt war
Tagebücher 1960–1963. Deutsch von Linde Birk

Brief an meine Mutter
Deutsch von Trude Fein

Außerdem erschienen:

Über Simenon
Essays, Aufsätze und Zeugnisse von André Gide bis Alfred Andersch. Mit Lebensdaten, Bibliographie und Filmographie. Herausgegeben von Claudia Schmölders und Christian Strich. Zweite, erweiterte und verbesserte Auflage

Simenon auf der Couch
Fünf Ärzte verhören den Autor sieben Stunden lang. Deutsch von Irène Kuhn. Mit einer Vita in 43 Bildern, einer Bibliographie und Filmographie

Carissimo Simenon
Mon cher Fellini
Der Briefwechsel zwischen Federico Fellini und Georges Simenon. Mit einem Vorwort von Claude Gauteur und einem Gespräch von Georges Simenon mit Federico Fellini. Aus dem Italienischen und Französischen von Linde Birk. Herausgegeben von Claude Gauteur und Silvia Sager

Robert J. Courtine
Simenon und Maigret bitten zu Tisch
Die klassischen französischen Bistrorezepte der Madame Maigret. Aus dem Französischen von Pierre F. Sommer

Raymond Chandler im Diogenes Verlag

»Mit Philip Marlowe schuf Chandler eine Gestalt, die noch heute weltweit als der Prototyp des Privatdetektivs gilt. Humphrey Bogart in der Rolle des Philip Marlowe hat diesen Typus auch optisch bis heute unverdrängbar festgeschrieben.«
Kindlers Literatur Lexikon

»Ich halte es für möglich, daß der Ruhm des Autors Raymond Chandler den des Autors Ernest Hemingway überdauert.« *Helmut Heißenbüttel*

Gefahr ist mein Geschäft
und andere Detektivstories
Aus dem Amerikanischen von Hans Wollschläger

Der große Schlaf
Roman. Deutsch von Gunar Ortlepp

Die kleine Schwester
Roman. Deutsch von Walter E. Richartz

Der lange Abschied
Roman. Deutsch von Hans Wollschläger

Das hohe Fenster
Roman. Deutsch von Urs Widmer

Die simple Kunst des Mordes
Briefe, Essays, Notizen, eine Geschichte und ein Romanfragment. Herausgegeben von Dorothy Gardiner und Kathrine Sorley Walker. Deutsch von Hans Wollschläger

Die Tote im See
Roman. Deutsch von Hellmuth Karasek

Lebwohl, mein Liebling
Roman. Deutsch von Wulf Teichmann

Playback
Roman. Deutsch von Wulf Teichmann

Mord im Regen
Frühe Stories. Deutsch von Hans Wollschläger. Vorwort von Philip Durham

Erpresser schießen nicht
und andere Detektivstories. Deutsch von Hans Wollschläger. Mit einem Vorwort des Verfassers

Der König in Gelb
und andere Detektivstories. Deutsch von Hans Wollschläger

Englischer Sommer
Drei Geschichten und Parodien, Aufsätze, Skizzen und Notizen aus dem Nachlaß. Mit Zeichnungen von Edward Gorey, einer Erinnerung von John Houseman und einem Vorwort von Patricia Highsmith. Deutsch von Wulf Teichmann, Hans Wollschläger u.a.

Meistererzählungen
Deutsch von Hans Wollschläger

Frank MacShane
Raymond Chandler
Eine Biographie. Deutsch von Christa Hotz, Alfred Probst und Wulf Teichmann. Zweite, ergänzte Auflage 1988

Dashiell Hammett im Diogenes Verlag

»Hammett brachte Menschen aufs Papier, wie sie waren, und ließ sie in der Sprache reden und denken, für die ihnen unter solchen Umständen der Schnabel gewachsen war.
Er brachte immer und immer wieder fertig, was überhaupt nur die allerbesten Schriftsteller schaffen. Er schrieb Szenen, bei denen man das Gefühl hat, sie seien noch niemals je beschrieben worden.«
Raymond Chandler

Fliegenpapier
und andere Detektivstories. Aus dem Amerikanischen von Harry Rowohlt, Helmut Kossodo, Helmut Degner, Peter Naujack und Elizabeth Gilbert. Mit einem Vorwort von Lillian Hellman

Der Malteser Falke
Roman. Deutsch von Peter Naujack

Das große Umlegen
und andere Detektivstories. Deutsch von Hellmuth Karasek, Walter E. Richartz und Wulf Teichmann

Rote Ernte
Roman. Deutsch von Gunar Ortlepp

Der Fluch des Hauses Dain
Roman. Deutsch von Wulf Teichmann

Der gläserne Schlüssel
Roman. Deutsch von Hans Wollschläger

Der dünne Mann
Roman. Deutsch von Tom Knoth

Fracht für China
und andere Detektivstories. Deutsch von Antje Friedrichs, Elizabeth Gilbert und Walter E. Richartz

Das Haus in der Turk Street
und andere Detektivstories. Deutsch von Wulf Teichmann

Das Dingsbums Küken
und andere Detektivstories. Deutsch von Wulf Teichmann. Mit einem Nachwort von Steven Marcus

Meistererzählungen
Ausgewählt von William Matheson. Deutsch von Wulf Teichmann, Walter E. Richartz, Hellmuth Karasek und Elizabeth Gilbert

Diane Johnson
Dashiell Hammett
Eine Biographie. Deutsch von Nikolaus Stingl. Mit zahlreichen Abbildungen

Donna Leon im Diogenes Verlag

»Es gibt einen neuen liebenswerten Polizisten in der Welt der literarischen Detektive zu entdecken. Sein Name lautet Guido Brunetti. Er lebt und arbeitet in einer der schönsten Städte Italiens, in Venedig. Ein Mann, der in glücklicher Ehe lebt, gerne ißt und guten Wein schätzt, sich gelegentlich über seine heranwachsenden Kinder ärgert und auch manches Mal cholerisch reagiert. Eine Eigenschaft aber bleibt dem Commissario auch in den schwierigsten Situationen: Sein Anstand, gepaart mit einem wunderbaren Sinn für Humor und Menschlichkeit.«
Margarete v. Schwarzkopf/NDR, Hannover

»Aus dem Commissario Brunetti könnte mit der Zeit ein Nachfolger für Simenons Maigret werden.«
Jochen Schmidt/Radio Bremen

»Ganz oben auf der Beliebtheitsskala der literarischen Verbrechensaufklärer.« *Die Presse, Wien*

Venezianisches Finale
Roman. Aus dem Amerikanischen
von Monika Elwenspoek

Endstation Venedig
Roman. Deutsch von Monika Elwenspoek

Venezianische Scharade
Roman. Deutsch von Monika Elwenspoek

Vendetta
Roman. Deutsch von Monika Elwenspoek

Acqua alta
Roman. Deutsch von Monika Elwenspoek

Sanft entschlafen
Roman. Deutsch von Monika Elwenspoek